KB172202

커피의 위로

카페, 계절과 삶의 리듬

커피의 위로

정인한 지음

포르*체

커피의 위로: 당신의 하루를 채워 줄 커피들

에스프레소

아침 6시 30분, 카페에 도착해서 머신의 예열이 끝나면 제일 먼저 마셔 보는 메뉴다. 짧은 시간에 많은 양의 카페인을 섭취할 수 있으므로 정신을 잡아 주는 데 효과적이다. 한 모금 마신 뒤 설탕을 넣어서 마시는 사람들도 있고, 위에 카카오 파우더를 토핑해서 마시는 경우도 있다. 출근 시간에 바쁜 직장인 손님들이 많이 찾는 메뉴다.

아메리카노

뜨거운 물이나 얼음물에 에스프레소 혹은 더블 리스트레또를 넣어서 만든 커피다. 리스트레또(이하 리스)는 에스프레소와 같은 원두량을 사용하지만, 추출 시간을 조금 더 짧게 해서 내린 것을 말한다. 농도가 묽고 양이 많아서 음미하면서 천천히 시간을 보내기에 좋다. 카페 안에서 책을 읽는 손님들에게 인기 많은 메뉴다.

카페라테

에스프레소 혹은 더블 리스 위에 스팀 우유를 부어서 만드는 커피다. 카페라테 위의 그림을 라테 아트라고 하는데, 그것은 커피를 마시는 또 다른 낭만적 요소가 된다. 그림이나 커피의 맛이 마음에 들어서 조심스럽게 천천히 마시다 보면 자연스럽게 잔 바닥에 거품이 그대로 남게 된다. 우유의 양이 많아 아침 대용으로 드시는 손님들이 많은 편이다.

카푸치노

더블 에스프레소 위에 거칠게 친 스팀 우유를 부어서 만든 커피다. 공기 주입을 많이 해서 우유의 비율이 많이 줄어든다. 카페라테 잔보다 작은 것을 사용하고, 풍성한 거품 위에 시나몬 가루와 설탕을 토핑해서 제공하기도 한다. 카페라테보다 양은 적지만, 우유가 들어가서 빈속에 마셔도 괜찮은 커피다. 거품이 두꺼워서 커피를 마시려면 필연적으로 입술에 거품이 묻게 된다. 카페라테보다 조금 더 진한 커피 맛을 느끼고 싶은 분에게 추천한다.

바닐라라테, 캐러멜마키아토, 카페모카

카페라테에 시럽 혹은 소스를 추가한 음료들이다. 시럽은 주원료가 설탕인 경우를 말하고, 소스는 바닐라, 캐러멜, 초콜릿 등이 주원료인 경우를 말한다. 단체 모임을 하게 되면 본능적으로 당이 필요해지는데, 그럴 때 적합한 커피다. 감성을 위해 음료 위에 휘핑크림이나 동물성 크림, 허브 등을 더해서 제공하는 때도 있다.

아인슈페너

양이 적은 진한 아메리카노 위에 크림을 올려 제공하는 커피다. 더치 커피를 이용해서 만드는 경우도 있다. 차가운 크림이 아래의 커피에 천천히 스며드는 모습이 낭만적 요소다. 크림을 만들 때는 동물성 크림에 설탕 혹은 바닐라 시럽을 넣어서 만든다. 미리 크림을 만들어 놓는 곳보다는 바로 크림을 만들어 느리게 제공하는 카페를 추천한다.

핸드 드립

맛의 일관성과 커피 원두의 본연의 맛을 느끼기에 적합한 커피다. 한가한 매장에서 바리스타와 커피의 향미에 대해 주고받을 수 있는 환경이라면 추천할 수 있는 메뉴다. 핸드 드립 커피는 고온 고압으로 빠르게 추출한 커피가 아니기 때문에 크레마가 없고, 더 부드러운 맛을 낸다. 추출 시간이 길어서 카페인의 함유량은 높아 마시면 더 강한 각성 효과를 느낄 수 있다. 그 순간에 조금 더 집중할 수 있다는 의미이기도 하다. 뭔가를 그리거나 쓰는 사람에게 추천하고 싶다.

프롤로그: 커피 한 잔만큼의 위로

낯선 손님 중에서 나에게 대뜸 부럽다고 말하는 경우가 종종 있다. 아마도 카페 이름이 '좋아서 하는 카페'이기 때문이지 싶다. 그런 손님들은 대개 나를 좋아하는 일을 하며 여유롭게 사는, 팔자 좋은 사람으로 생각하는 것 같다. 카페 밖 풍경도 제법 그럴 듯하다.

특히 봄에 꽃이 많이 핀다. 초봄에는 카페 앞 남사면에 매화가 핀다. 매화가 지면 산책로에 무거운 나뭇가지를 낮게 드리운 벚꽃도 핀다. 날씨가 조금씩 더워지면 천변에는 개망초가 만개해서 산책로가 환해진다. 그 길을 따라 학생들은 통학하고, 연인들은 손을 잡고 걷는다. 그런 풍경이 보이는 곳에 있으니 그렇게 말하는 것도 어쩌면 당연한 일이라 생각한다.

하지만 처음 이곳에 카페를 하고자 결심한 것은 아름다운 풍경 때문은 아니었다. 이 거리는 율하 카페 거리와 떨어져 있어 공실이 많았다. 아파트가 밀집된 주거지구와 조금 떨어진 곳에 있었고, 배후 골목에 음식점도 거의 없어 부동산 가격이 상대적으로 저렴했다. 그래서 시작해 보고자 마음을 먹었다.

실제로 나는 바리스타를 직업으로 삼을 만큼 커피를 좋아했던 것은 아니었다. 커피에 대한 전문성도 빈약했다. 국비로 커피 학원에서 배운 것, 돈을 주고 다른 카페에 들어가서 레시피를 배운 것, 폐업하는 카페의 집기를 모두 매입한다는 조건으로 배운 라테 아트가 전부였다.

벚꽃이 피고 지는 것을 바라보며 인테리어를 했다. 그 후로 시간이 흐르는 물처럼 지나갔다. 바빠서 정신없이 지냈던 적도 있었고, 손님이 없어서 웅크린 채 지냈던 적도 있었다. 그 세월 동안 이 거리는 많이 변했다. 여러 카페가 생겼다가 없어졌고, 인테리어를 바꾼 새로운 카페들이 생겨났다. 그동안 나도 조금은 변했다. 장사가 되든 안 되든 거의 매일 아침부터 카페를 열었기 때문이지 싶다.

거리의 아름다운 풍경을 바라보며 어떤 날은 카페 안에서 멍하니 있기도 했고, 어떤 날은 책을 읽었다. 그러다 가끔은 글을 쓰기도 했다. 보잘것없는 글이 쌓이는 동안, 카페 벽면에는 손님들의 사진이 하나둘씩 붙기 시작했다. 작은 화분을 두었던 빈 책꽂이에는 기부한 책들이 쌓였다.

안녕하세요. 어떤 커피를 드릴까요. 감사합니다. 좋은 하루 보내세요. 이런 평범한 대화를 주고받는 동안, 서로의 이름을 알고 형편을 아는 이웃 같은 손님들이 생겨나기 시작했다. 늘 사람이 가득한 핫플레이스는 아니지만, 뭔가 서려 있는 공간이 되었다.

그 시간 속에서 어느덧 커피를 정말로 좋아하게 되었다. 패배 의식 때문에 사람들과 말도 잘 섞지 않았던 나는 손님들을 좋아하게 되었고, 손님의 아이들을 좋아하게 되었고, 손님의 강아지를 좋아하게 되었다. 카페 이름처럼 '좋아서 하는 카페'의 주인이 되었다.

바리스타로 살아가는 것이 어떠냐고 누군가 물어본다면, 쉽게 몇 마디로 어떻다고 말하기 어렵다. 이야기가 쌓였기 때문이다. 이 책에 실린 글들은 그런 질문에 대한 나의 대답이다. 누구나 부럽다고 말할 만한 시절이 지고, 그에 이어지는 이야기다. 낯선 독자들에게 이 글이 작은 위로가 되길 바란다. 커피 한 잔만큼의 위로가 될 수 있다면 더할 나위 없다.

2023년 여름 끝자락에서,
정인한

목차

1 **로스팅,**
복작한 카페의 아침

2 **분쇄,**
조금 다른 온도의 일상

3 **추출,**
더 선명한 단상

4 드립, 기다림이 전하는 새로움

1

로스팅

복작한 카페의 아침

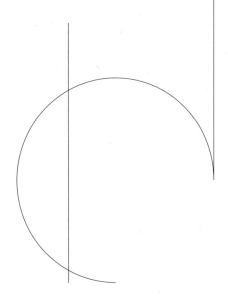

신맛에 대한 변론

대학교에 다니던 시절에는 도서관 입구에 있는 자판기를 애용했다. 당시 나는 공무원 시험에 한 번에 붙고 말리라는 종교적 믿음이 가득했고, 열람실에 1등으로 못 들어가면 무척 속상해하는 부류의 예비역이었다. 잠이 늘 부족한 편이라 다크서클을 달고 사는 편이었다. 그런 나에게 카페인은 몇 안 되는 건전한 취미생활이었다.

종류가 몇 가지 되었지만 백오십 원짜리 자판기 블랙커피만 마셨다. 설탕 커피와 프리마가 들어간 밀크커피는 입에 단맛이 남았기 때문에 블랙커피에 정착하게 되었다. 맛이라고 해 봐야 쓴맛밖에 없었지만 피곤함을 몰아내기 위해 매일 몇 잔의 커피를 뽑아 먹던 시절이었다. 공부하는 것을 엉덩이로 치면 아마 전국 순위 안에 등극했을 것이다. 알게 모르게 몰려오는 압박감에 초조해지지 않으려 애쓸수록, 불안감은 어느새 몸 한편에 달라붙는 듯한 느낌이 들었다. 고독하게 다리를 떨어도 어떠한 지식조차 스며들지 않는 날은 우울하기 그지없었다. 그런 날은 매점에서 담배와 라이터를 사고 커피 한 잔을 또 내려서 밖으로 나가곤 했다. 도서관 앞에는 학교의 유구한 역사만큼 오래된 플라타너스 몇 그루가 줄을 지어 서 있었다. 나무 그늘은 한여름에도 넓었고, 잎사귀 흔들리는 소리가 시원하게 느껴졌다. 겨울에는 굵은 기둥이 바람을 막아 주는 느낌이었고 나뭇가지 사이로 마른 햇살이 들어왔으므로 비교적 따뜻했다. 담배 연기를 한 모금 들이키면 다소 느슨해지는 느낌이 들었고, 블랙커피를 마시면 조여드는 느낌이 들었다. 그런 리듬은 머릿속에 틈을 만드는 듯했다. 그곳에서 언덕 아래의 도시를 내려다보면 사라졌던 자신감이 어느새 조금씩 살아났다. 머리도 맑아지고 다시 열람실로 들어갈 작은 용기가 생겼다.

그렇게 카페인의 노예가 된 내가 처음 에스프레소를 마셨던 경험은 대학교 3학년 무렵이었다. 당시 〈커피프린스 1호점〉이라는 드라마가 대히트를 쳤고 나도 그 드라마를 언뜻언뜻 봤으므로, 그 공간에 대한 로망이 있기는 했다. 하지만 한 잔에 몇천 원씩 하는 커피는 아득한 사치처럼 느껴졌기 때문에 좀처럼 실행하기 어려운 소비였다. 그러던 어느 날, 운명처럼 첫사랑을 만나듯이 제대로 된 커피를 만나게 되었다.

당시 노량진은 물가가 저렴하기로 유명한 곳이었다. 수능, 공무원 시험, 교원 임용시험의 학원이 즐비한 그 암울한 동네에도 전문 카페가 제법 들어서 있었다. 나는 일주일에 두 번 노량진에서 직강을 들었는데 점심을 컵밥, 핫바 등으로 때우는 날이 많았다. 그래서 아이러니하게 밥값이 조금 남기도 했었다. 그 돈으로 순두부찌개 가게 맞은편에 있는 테이크 아웃 전문점에서 아메리카노보다 오백 원 싼 천 원짜리 에스프레소를 처음으로 구매했다.

잔을 받았을 때 어이가 없었다. 드라마에서 나오던 그런 여유를 느끼고 싶었는데 양이 너무 적었기 때문이다. 그런데 그것을 마시면서 제법 오묘한 경험을 했다. 블랙커피의 직선적인 쓴맛에 익숙해서 그런 걸까? 신맛 같은 것이 있었고 단맛도 느낄 수가 있었다.

아직 반도 태우지 않은 담배와 텅 빈 종이컵을 보면서 이것 봐라, 했던 기억이 있다. 적은 양에서 오는 허무함과 그만큼 밀도 있게 섭취되는 카페인을 통해 다소 들뜨는 경험을 했다. 그 이후로 노량진에 갈 때마다 그 가게 앞에서 구겨진 천 원짜리 한 장을 꺼내놓곤 했다. 그 이후로 십수 년이 지났지만, 나는 여전히 에스프레소를 주로 마신다.

커피에서 상큼한 맛이 나는 것을 불편해하는 손님이 제법 있다. 실제로 사람은 신맛을 제일 먼저 감지하는 편인데, 그 이유는 신맛이 안전과 관련된 미각이기 때문이다. 빵에서 기대하지 않았던 신맛이 나거나 어제 시킨 치킨에서 신맛이 난다는 것은 부패가 진행되고 있다는 증거다. 그래서 사람은 본능적으로 예상하지 못한 신맛을 다소 경계하는 경향이 있다. 그러나 커피의 신맛(산미)은 제법 자연스러운 결과다. 커피의 원료인 생두는 과일의 씨앗이다. 생두는 커피 체리의 과육을 제거한 것이다. 이렇듯 사과 씨앗을 씹으면 신맛이 나는 것처럼 생두도 그럴 수밖에 없는 출생의 배경이 있다.

물론 원두 종류에 따라 과육이 작고 품고 있는 신

맛이 적은 경우가 있다. 자판기 커피의 원료가 되는 로부스타(Robusta)종의 경우가 그렇다. 또한 아라비카(Arabica)종이더라도 볶음 정도가 강하면 그만큼 물리적, 화학적 변화를 거듭하므로 신맛은 당연히 소멸한다. 통상 로스팅을 대량으로 하는 경우 가열된 원두 하나하나가 열원이 되기 때문에 원두를 식히는 과정이 어렵다. 따라서 의도한 것보다 강하게 로스팅이 진행되기도 한다. 스타벅스 커피가 스모크한 맛인 이유도 로스팅과 유통을 크게 하기 때문이다.

최근에는 새로운 가공 방식이 등장해 신맛의 층위를 더 다양하게 느낄 수 있다. 원래는 품종의 특이성 때문에 그런 맛을 느끼는 것이 가능했다. 예를 들어 '신의 커피'라 불리는 에스메랄다 게이샤는 애프터테이스트에서 명확한 베르가못 맛이 남는다. 그 외에도 특이한 풍미를 가진 몇몇의 생두가 있지만, 공급이 수요를 따라가지 못해 가격이 비싸지는 경우가 많았다. 하지만 무산소 발효라는 새로운 가공 방식이 도입되면서 품종의 한계를 넘어서는 맛의 표현이 가능해졌다. 무산소 발효는 쉽게 말해, 벗겨낸 과육을 버리지 않고 발효 탱크에 넣어 함께 숙성시키는 과정이다. 농장의 자연 조건 탓에 키울 수 있는 커피 품종이 제한된 상황에서 가공 방식에 관한 연구가 이루어진 것이다. 다만 호기성 환경이 되면 과육이 부패할 수 있어, 산소가 없는 혐기성 환경을 만들어 과육의 향미를 생두에 스며들게 한다. 녹차가 홍차가 되는 과정과 비슷하다고 이해하면 된다. 이렇게 만들어진 생두를 적절하게 볶아 절차에 맞게 내린다면 우리가 알던 커피와 전혀 다른 맛의 커피가 완성된다. 이렇게 완성된 커피에서는 포도의 신선한 단맛을 느낄 수 있고, 치즈 케이크의 고소한 발효 향이 난다.

나는 쓴맛으로 커피를 배웠다. 단지 피곤을 이기려고 꾸역꾸역 카페인을 섭취하던 날도 있었다. 우연히 다른 맛도 있다는 것을 알았고, 그것 또한 자연스러운 결과라는 것을 배웠다. 도서관에서 커피를 처음 배웠던 시절은 다른 무엇이 되고 싶었고, 지금은 전혀 꿈꾸지 않던 카페를 운영하고 있다. 이런 삶에는 의외의 맛이 있다. 삶이 꼭 쓰지만은 않다는 낡은 격언과 비슷한 결이다.

되돌려주는 일

종종 낯선 손님이 무척 반가워하는 표정으로 들어오
는 경우가 있다. 이번 주에도 그런 손님이 한 명 있었
다. 그녀는 자기 아들이 초등학교 시절에 가끔 왔었다
고 이야기했다. 그러면서 카페 벽면에 붙어 있던 사진
을 가지고 와서 보여 줬다. 햇빛에 바랜 사진이라 확
실하게 보이지는 않았지만, 사진 속에서 어린아이와
환하게 웃는 그녀가 눈앞에 있는 그녀와 동일인이라
는 걸 알 수 있었다. 아이는 올해 어느 대학교 새내기
가 되었다고 했다. 그녀는 한가한 바 앞에서 서서 이런
저런 이야깃주머니를 풀어놓았다. 남편 일자리를 따라
서 어떤 도시로 이사를 했고, 거기는 이런 산책로가 없
어 삶의 낙이 줄었다는 이야기, 난생처음 장사를 시작
했던 일, 코로나 때문에 폐업하고 예전에 살던 동네에
서 새롭게 시작하기 위해 돌아온 이야기. 나는 젖은 컵

을 마른 리넨으로 닦으면서 한참 동안 한 편의 드라마를 들었다.

십 년째 같은 자리에서 있으면 이런 일이 왕왕 있다. 중학교 시절 우리 카페에 책을 기부했던 학생이 군복을 입은 채 들르고, 한 대학생이 어느새 임산부가 되어 오기도 했다. 젊은 커플이었던 손님이 결혼해서 오거나, 혼자가 되어 즐겨 마시던 커피 한 잔을 마시고 가기도 했다.

서른 평 남짓의 공간을 운영하는 자영업자의 미래는 장담하지 못하지만, 이 공간이 누군가의 추억이 되었다는 사실은 적잖은 위로가 된다. 오랜 손님들이 가끔 다시 들러 주고, 다른 카페에 자리가 없어 우리 카페에 우연히 새 손님이 들어온다면 괜찮지 않을까. 마흔이 된 내가 쉰이 되고 혹은 더 나이가 들더라도 이렇게 커피를 팔면서 살아갈 수 있겠다고 생각하곤 한다.

어떤 손님은 오랫동안 이 공간을 유지하는 비결을 물어보기도 한다. 불쑥 들어오면 나는 웃으면서 잘 모르겠다며 넘긴다. 설거지하면서 곰곰이 생각하자면, 글을 쓰는 과정만큼이나 장사 방법도 모호한 측면이 있다. 조심스럽게 이야기하자면, 아마 최대한 내어 주기 때문에 그렇지 않을까 한다. 느낀 점을 조금이라도 써 내려가는 것처럼, 받은 것은 최대한 돌려주는 것이 중요하다고 생각한다.

카페를 운영하면서 특별히 신경을 쓰는 것이 있다면 주문받는 순간이다. 주문은 손님과의 첫 만남이고, 언어를 주고받는 것이다. 이것은 우리 카페의 가장 중요한 룰이기도 하다. 우리는 최대한 손님의 언어를 다시 되돌려주려고 노력한다. 예를 들면 아이스 아메리카노 한 잔을 달라고 하는 손님에게는 "네."라고 짧게 말하지 않고 "네, 아이스 아메리카노 드리겠습니다."라고 말한다. 커피를 더 달라고 말하면, 역시 "네."라고 짧게 말하지 않고 "네, 커피 더 드리겠습니다."라고 말한다. 단어라는 공으로 탁구를 하는 느낌으로 소통하며, 받은 것은 다시 돌려준다는 느낌을 유지하려 애를 쓰는 것이다. 또 다른 형태로 돌려주는 것이 있다. 약소하지만 매장 내에서 커피를 이용하는 고객에게는 커피 한 잔을 무료로 리필해 준다. 우리에게 남은 이윤을 조금 더 돌려준다는 측면이다. 리필을 하면 조금 덜 남겠지만, 그래도 남기는 하니 기꺼이 돌려준다.

그렇게 남게 되는 사람이 작은 호의를 더 베풀면 받은 사람은 마음에 여운이 남는다. 그렇게 커피 한 잔을 더 즐기고 간 손님은 다시 찾아오는 편이다.

결국 그들도 우리에게 더 준다. 아직 급하지 않은 원두를 바리바리 사 가는 경우도 있고, 자신들이 커피와 함께 먹으려고 가지고 온 떡이라든지, 작게 포장된 쿠키 같은 것을 우리에게 준다. 그러면 또 나는 커피를 더 드리거나, 가지고 있는 간식거리를 선물로 내어놓는다. 이렇게 되면, 어느 순간 카페가 북적이는 날이 오기도 한다. 바쁜데 직원에게 최저 시급을 고집하는 것도 죄책감이 드는 일이다. 몸이 이토록 바쁜데, 늘 급여가 같으면 일할 맛이 나지 않을 것이 뻔하다. 해서 통장에 여유가 생긴다면 마땅히 돌려주는 것이 온당한 일이다. 그래야 분주한 상황 속에서도 자연스러운 친절이 배어 나온다.

바쁜 매장을 보는 손님은 나에게 언제 분점을 내느냐고 물어보기도 한다. 이런 방식의 경영으로 새로운 자리에 카페 한 개를 더 만드는 것은 어려운 일이다. 적게 남으므로 자동차를 조금 더 큰 것으로 바꾸는 것도 어려운 일이다. 그래도, 그동안 서로의 빚진 마음을 해소하기 위한 돈이든 마음이든 어떤 형태의 흐름이 카페에 있지 않을까 싶다. 그렇게 살아가면서 누군가의 드라마 속에서 작은 배역을 차지하는 삶. 그렇게 낡아 가는 인생도 꽤 괜찮은 일이 아닐까 생각한다.

가난한 창업자를 위한 조언

(1)

주말에 혼자만의 짧은 시간이 생겼다. 아내와 두 딸은
어린이 뮤지컬을 보기 위해 방송국으로 들어갔고, 나
는 공연이 끝날 때까지 어딘가에서 기다려야 하는 상
황이었다. 책이나 읽어야지 싶어 포털 사이트에 '근처
카페'라고 검색했다. 내비게이션이 안내한 곳은 쟁쟁
한 카페가 즐비한 가로수길이었다.

　창원은 계획도시답게 방사형의 넓은 도로를 따라
서 높은 건물에 관공서, 대기업의 지사와 주요 기반시
설이 줄지어서 모여 있다. 그 넓은 도로에 유입되는 모
양새로 수십 개의 도로가 있다. 그중에서 어떤 길을 가
게 되면 주거지역이 나오고, 또 다른 길은 공업지역이
나온다. 아무래도 가까운 구역은 주변 공무원들과 회
사원을 대상으로 음식을 파는 맛집들이 즐비한 상업

지역이다. 그 도로 중에서 길보다 위로 솟은 나무가 유독 눈에 띄는 곳이 있다. 초입부터 우뚝 솟은 나무들이 늘어서 있어 초록의 협곡 같은 느낌이다. 그곳이 바로 창원 가로수길이다.

가로수길은 상향으로 겹겹이 펼쳐진 메타세쿼이아의 잎이 압도적이다. 그 때문에 길은 좁지만, 응당 그래야 한다는 듯 사이의 하늘을 바라보게 된다. 미묘하게도 비좁은데 트여 있다는 느낌을 받는다. 오랜만에 그곳을 찾은 나도 당연히 서행할 수밖에 없었다. 사월의 햇살과 그 아래의 아른거리는 그늘을 보면서 창문을 최대한 내렸다. 바람이 들어왔고, 도심이지만 숲속의 향이 느껴지는 듯했다. 먼 곳으로 혼자 여행 온 듯한 느낌이었다.

건물은 대부분 오래된 2층 주택이었다. 그러나 1층은 외관과 내부 모두 거의 완전한 리모델링 상태였다. 특히 이 길은 지자체가 테라스 영업을 합법화한 구역이었다. 따라서 다른 지역의 카페 거리와 달리 단속이 나오면 테라스를 허물어야 하는 걱정이 없었다. 그래서일까, 카페마다 테라스와 입구로 이어지는 공간에 쏟은 정성이 대단했다. 어느 각도에서 보아도 경관에 의문을 품게 하는 키치(Kitsch)가 없었다.

고민하다가 들어간 곳은 에스프레소 바였다. 입구에는 왜소한 올리브 나무 한 그루가 있었고, 들어서니 중저음의 그라인더 소리가 연신 들렸다. 갓 부서진 원두에서 나오는 고소한 드라이 아로마가 가득했다. 매장 내부는 요즘 다수의 신상 카페들이 차용하고 있는 노출 인테리어였다. 거친 질감이 아니라 미끈한 느낌이었다. 넓은 매장 가운데, 대리석으로 된 낮은 테이블 겸 의자들이 견고하게 자리하고 있었고, 따뜻한 원목으로 된 높은 테이블이 그것을 둘러싸는 형태였다. 대리석으로 된 바 위의 머신은 란실리오였고, 그라인더는 빅토리아 아르두이노였다. 그런 장비를 갖춘 카페가 부러웠다. 추출된 커피를 주력으로 삼고 있는 나에게는 꿈에 그리던 환경이었다.

(2)

카페에서 커피를 내리는 방법은 크게 브루잉과 추출로 나뉜다. 브루잉은 소위 핸드 드립을 말하고 추출은 에스프레소 머신을 이용하는 것을 말한다. 핸드 드립은 주전자 입구에서 자연스럽게 떨어지는 물줄기를 이용해 한 잔의 커피를 만드는 것이고, 추출은 펌프 모터로부터 발생한 9bar(일반적인 증기압의 아홉 배)의 힘으로 몇 초 만에 커피 성분을 짜내는 과정이다. 드립은 커피 맛의 일관성을 위해 온도 체크를 매번 해야 한다. 1도 차이에도 맛의 변화는 느껴지는데, 온도에 따라서 녹는 성분의 정도가 다르기 때문이다. 그뿐만 아니라 바리스타는 물줄기를 조절하는 것도 신경 써야 한다. 물줄기가 너무 빠르게 내려오면 커피는 싱거울 수 있고, 너무 느리면 진하게 만들어진다. 따라서 드립 커피는 누가 내렸느냐에 따라서 맛이 조금씩 차이가 난다.

반면에 익스트랙션(추출)은 단시간에 짜내기 때문에 바리스타 입장에서는 편하다. 기다리는 시간도 줄어들어 손님도 가벼운 마음으로 커피를 즐길 수 있다. 다만, 거의 모든 과정이 기계의 개입으로 신속하게 이루어지기 때문에 사람의 역할이 줄어든다는 단점이 있다. 다시 말하면 좋은 장비를 사용하는 카페는 맛의 일관성이 뛰어나지만, 그렇지 못한 카페는 맛의 일관성을 기대하기가 어렵다.

조금 더 설명하자면, 보급형 머신은 보일러가 한 개지만, 비싼 머신은 몇 개의 보일러가 들어가 있다.

아무래도 단시간에 많은 온수를 쓰면 보급형 머신은 추출 온도가 갑자기 떨어질 수밖에 없다. 이 머신도 드립과 마찬가지로 온도가 올라가면 성분이 많이 추출되고 온도가 떨어지면 덜 추출된다.

(3)

카페를 오픈했던 시절에는 지금 사용하고 있는 머신이 아니었다. 그때는 돈이 없어 보급형 머신 중에서 돈이 되는대로 중고를 구매해서 창업했다. 그 시절의 고충은 한두 가지가 아니었지만, 큰 고민 중 하나는 피크 타임이 되면 커피 맛이 오락가락한다는 사실이었다.

포터 필터에서 떨어지는 에스프레소가 느리고 진득했는데 어느 순간 빠른 속도로 떨어지기도 하고 다시 어느 순간 원래대로 돌아오기도 했다. 그런 것은 막을 수 없는 단골 컴플레인이었다. 그럴 때는 핸드 드립으로 다시 커피를 내려드리기도 했다. 그런데, 브루잉은 어느 정도 일관된 맛을 보장하지만, 시간이 오래 걸렸다. 드립을 내리고 있는 동안은 주문을 받을 수도 없고, 물줄기에 신경을 쓰느라 진이 빠지는 것 같았다.

카페 창업 초기에는 손님 테이블로 이동해서 브

루잉을 시현하기도 했다. 그 시절은 늘 어깨가 무거웠고, 손목이 시린 날이 많았다. 몸 어딘가가 아프니까, 친절이 배어 나오는 것이 아니라 짜내는 느낌이 들어 서글픈 시절이었다. 사장인 나도 그런데 직원들은 어떨까 싶었다. 그래서 어느 순간부터 핸드 드립의 가격은 올리고 에스프레소를 이용한 커피 메뉴를 주력으로 삼게 되었다.

창업할 때, 커피에 관한 공부를 충분히 하지 않는다면 과거의 나처럼 무조건 저렴한 머신을 선택하는 경향이 많다. 기계를 파는 회사에서도 사정을 대략 알지만, 더 비싼 머신을 권하면 장사치처럼 보여서 꺼리는 것 같기도 하다. 어느 정도 피크 타임 발생이 예상되는 입지에서 카페를 시작하려고 한다면, 인테리어가 아니라 장비를 선택할 때 조금 더 신경을 써야 할 필요가 있다. 고급 장비가 아니더라도 어느 정도 변수를 보완할 수 있는 장비가 얼마든지 있다. 머신으로 예를 들면, 프리인퓨전이 되고 중고 매물도 많은 훼마의 e61이다. 가격으로 보자면, 8분의 1 수준이다. 해당 머신은 9bar의 압력으로 커피 추출을 시작하기 전에 원두 가루 위의 빈 곳을 부드럽게 온수로 채우는 과정을 거친다. 그 기능을 프리인퓨전이라고 한다. 뜨거운 물로 미리 부드럽게 적셔 주기 때문에 필터 안의 원두가 빵빵하게 팽창된 상태에서 본격적인 추출이 진행된다. 그렇게 되면 커피 가루 전체에 고르게 물줄기가 흐르게 될 가능성이 크다. 당연히 추출 속도나 맛의 일관성이 제법 향상된다.

십 년 차 우리 카페의 머신은 이제 제법 어엿한 녀석으로 교체가 되었다. 보일러가 무려 네 개다. 바쁘게 사용해도 온도의 변화 거의 없다. 하지만, 여전히 그라인더는 부족하다. 속이 쓰리다. 상체만 근육이 많고 하체는 부실하다고 해야 할까. 그래서 손님이 종종 커피 맛에 대한 컴플레인을 제기할 때가 있다. 그런 상황이 오면 바로 숙이고 들어간다. 동시에 새롭게 내린 커피 몇 잔을 가지고 간다. 그것을 방어막 삼아서 우리의 빈틈을 무마한다. 그럼에도 그라인더는 먼 훗날 새로 사들일 계획이다. 이윤을 남겨서 질주하듯 장비를 빠르게 교체하는 것보다는 브루잉하듯 경영하는 것도 하나의 방법이다. 초기 자본이 없다면 장비의 빈틈은 친절로 메울 수 있다. 오히려 컴플레인은 단골을 만들 기회이기도 하다. 맛의 일관성이 없다는 불평을 듣는다면, 부족한 점을 설명하면 된다. 몇 잔의 커피를 더 제공하며 그런 이야기를 한다면 손님은 불만을 품기보다는 다른 온도의 감정을 가질 수밖에 없다.

번듯한 장비에 뭔가 피곤한 눈빛의 직원들을 보유한 카페는 익숙한 풍경이다. 그러나 반복해서 보고 싶은 공간의 모습은 아니다. 제대로 된 커피를 추출하기 위해 커피를 내리는 사람이 과도한 압박을 받는 것은 피해야 할 일이다.

권태는 아니고

어린 시절에는 나도 꽤 밖으로 싸돌아다니는 타입의 소년이었다. 그럴 수밖에 없는 것이 우리 집에는 비디오도 없었고 패밀리 게임기도 없었다. 그렇다고 책이 많은 편도 아니었기 때문에 심심하면 밖으로 나가는 것 말고는 특별한 방법이 없었다. 이사를 자주 다녔던 그 시절 나는 주택 바깥채에 주로 살았고 친한 친구들도 형편이 비슷했다.

친구를 만나기 전에 주인집 문을 통과하는 것이 첫 번째 미션이었다. 당시에는 안채 마당에 커다란 개를 키우는 것이 하나의 트렌드였지 싶다. 그 시절을 생각하면 왕왕 사납게 짖던 그 녀석들의 소리가 기억난다. 착하지, 반복해도 빳빳하게 세우고 있던 꼬리와 날카로운 이빨이 떠오른다. 대부분 녀석의 기세에 눌려 대문을 피해서 에라 모르겠다, 담을 넘은 날이 많았다.

막상 친구 집 앞에서 서면 개구진 표정을 지우고 옷매무시를 다듬었다. 똑똑, 안녕하세요. 아줌마, 동현이 있어요? 영호 있어요? 이렇게 물어보곤 했다. 운이 좋은 날은 그 집에서 간식을 먹으며 패밀리 게임을 하기도 했고, 친구가 빌려 놓은 최신 비디오를 같이 보기도 했다. 그런 것이 없으면 같이 놀자 하고 밖에 나가면 되었다.

종목은 그날 기분에 따라 달랐지만, 놀 수 있는 것들이 많았다. 전봇대를 본부로 삼아 집 놀이를 한다든지, 공이 있으면 축구를 해도 되었고, 오래된 달력이 있으면 딱지를 접어서 그것으로 몇 시간이고 놀 수도 있었다. 가장 재미있는 놀이는 골목을 벗어나서 떠나는 짧은 여행이었다.

나는 수시로 멤버가 유동적으로 변하는 탐정단의 비밀 요원이었다. 기지로 가는 길에 공병을 주워서 슈퍼에 팔면 껌 같은 것을 공평하게 나누어 씹을 수도 있었다. 목적지에 닿으려면 학교 담벼락을 따라서 오랫동안 걸어야 했다. 그러다가 문방구 앞을 지나가면 뽑기나 오락 한판의 유혹에 빠지려는 순간도 있었다. 순간의 짜릿함보다 우정과 껌의 영속성을 추구하는 우리는 현명한 비밀 요원이었고, 입구에서 파는 떡볶이의 치명적인 유혹도 이겨 내는 듬직한 비밀 요원이었다.

우리는 높은 산을 등반하는 군인들처럼 뚜벅뚜벅 걸어 다녔다. 살고 있는 동네의 끝까지 씩씩하게 걸어 다녔다. 하천을 가로지르는 다리 밑이 우리의 목적지였다. 그 넓은 수변은 행정구역의 경계이기도 했고, 우리가 걸어서 갈 수 있는 세상의 끝과 같은 장소였다. 그곳에 우리의 보물상자가 있었다. 몇 군데 땅을 파고 철제 약통 같은 것을 구해 소중한 것들을 모아 놓곤 했었다. 거기에는 운동장에서 우연히 주운 레고 피규어도 있었고, 금색으로 된 고무 딱지도 있었다. 가스가 많이 남은 라이터, 작게 만들어진 해적판 만화책, 쇠로 된 베어링 구슬, 구멍 난 동전 같은 것들도 있었다.

그 보물로 어떤 놀이를 했는지는 잘 기억나지 않지만, 하여튼 우리는 친구들과 다리 밑에 모여 속닥거리며 꽤 많은 시절을 보냈다. 어른 몰래 불을 지펴 무엇을 구워 먹기도 했고, 티격태격하다 싸움을 하기도 했고, 뜬금없이 영원한 우정을 맹세하는 서약을 하기도 했다.

한산한 카페에 앉아 있으니 이런 그림들이 머릿속에 떠오른다. 창밖의 짙어진 나뭇잎이 초등학교 시절 친구들처럼 밖으로 오라 손짓한다. 카페를 운영하는 지금은, 유년기에 즐겼던 짧은 모험이 불가한 일이 되었다. 아무리 심심해도 예고 없이 갑자기 문을 닫고 어디론가 가는 것은 불가한 일이다. 손님이 없으면 무료한 날도 있지만, 그 마음을 아무도 모르게 덮어 놓는 것이 바리스타의 기본 소양이다.

카페 주인만큼 여행을 가기 어려운 직업군이 있을까. 프렌차이즈에서 연중무휴를 기준으로 제시하고 있으니, 작은 카페는 대개 따르는 수밖에 없다. 그래서 우리는 어린이날도 열고, 어버이날도 열고, 스승의 날도 연다. SNS를 보면 누구나 한 번쯤은 가는 그 흔한 여행도 어린 시절의 떡볶이만큼이나 그림의 떡이다. 카페가 낭만적인 밥벌이인 것은 맞지만, 나를 위한 것이라기보다 손님을 위한 것에 가깝다.

그럼에도 낭만이 있다면, 우리는 이 공간을 지키는 지기라는 것이다. 글을 쓰는 지금도 손님들이 작고 불편한 테이블에 앉아서 웃고 숙덕거린다. 사람도 별로 없는데 소곤거리는 것을 보니 누구도 알면 안 되는 이야기이지 싶다. 일순간 이곳도 누군가에는 비밀기지라는 생각이 든다. 아이가 하교하기 전에, 남편이 퇴근하기 전에, 잠시 현실을 벗어날 수 있는 공유지라는 생각이 든다. 그런 생각이 나를 지배하면 기분이 썩 나쁘지 않다. 떠나고 싶은 어떤 날은 그 느낌에 의지해서 일하는 날도 있다. 그러면 어느 순간 나는 어떤 드라마 속의 이름 없는 배역을 맡은 사람이 되고, 주연과 조연을 위한 이 모든 동작에 절도가 생긴다. 그렇게 되면, 나뭇잎처럼 팔락거리는 가슴도 약간은 잦아든다.

각자의 절박함

새벽에 홀로 카페를 찾는 사람들에게는 뭔가 조금씩 절박한 구석이 있다는 것을 느낄 때가 있다. 지난밤에 거리를 밝히기 위한 가로등이 아직 채 꺼지지도 않았는데, 약간은 졸린 듯한 표정으로 띄엄띄엄 카페 들어오는 사람을 보면 뭐랄까, 동질감 같은 것을 느낀다. 그들도 나처럼 어떤 사연이 있구나. 그래서 무언가 지키려고 하고, 애를 쓰고, 카페에 잠시 앉아서 창밖을 바라보는구나, 하는 생각을 한다. 그들이 지키려 하는 것이 무엇인지는 알 수 없지만 어떤 것을 지우고 싶은지는 대략 짐작한다. 미세한 두통, 아직 남은 잠의 여운, 아주 조금씩 쌓여 어느새 만성이 되어 버린 피곤이다. 그런 것들을 어느 정도 지우고 잠시나마 맑아진 마음으로 하루를 시작해야지 하는 듯한 공손한 뒷모습을 보고 있으면 나도 조금은 기운이 난다. 손님이 많든

적든 이 일이 제법 할만한 일처럼 여겨진다.

그런 작은 자부심으로 아침 시간을 혼자 운영한 지 어느새 십 년이 넘었다. 아침을 혼자 감당하기 때문에 장사가 안 되는 시즌도 넘어갈 수 있었고, 지금까지 그럭저럭 카페를 유지하고 있다. 하지만 때로는 힘이 들어서 잠시 가게를 쉬고 싶다는 생각을 할 때도 있다. 누군가에게 이런 말을 한 적은 없다. 그러나 장사를 하다 보면, 그런 일들이 생긴다. 뭐 대단한 일들은 아니다. 직원에게 줄 월급이 쌓이질 않거나, 그런 상황에서 뭔가 고장이 난다거나, 거기다 매출이 갑자기 떨어지거나 그러면 그런 생각이 스멀스멀 떠오른다. 여기까지인가 싶은 것이다.

사실 얼마 전에 에스프레소 머신에 큰 문제가 생겼다. 갑자기 머신 아래에 누수가 발생했고, 점검받아 보니 보일러 구멍이 난 상황이었다. 아무래도 핵심 부품이다 보니, 수리 시간도 오래 걸리고 비용도 제법 많이 들었다. 머신 판매처에서 특별히 배려해 줬지만, 예상하지 못한 지출이 제법 생겼다. 게다가 카페는 비수기로 접어들고 있었다. 크고 작은 시험이 있는 겨울철은 아무래도 손님이 줄어든다. 특히 저녁 시간이 극도로 조용해진다. 자녀들이 중요한 관문을 앞두고 있으니, 모임을 자제하는 분위기 같은 것이 있다. 어쩌면 보통 사람에게는 그것이 유일한 기회이고, 절박한 관문이라 그렇지 싶다. 그런 분위기가 매해 감지된다.

그래서 겨울철이 다가오면, 동네 카페들도 문을 일찍 닫는 경우가 많다. 열린 카페에도 사람이 다른 계절과 다르게 사람들이 드문드문 앉아 있다. 시험 결과가 나오고 어떤 희망과 좌절을 나눌 수 있는 시간이 될 때까지는 그렇지 않을까 한다. 그렇다고 우리 카페도 영업을 줄이기에는 뭔가 모양이 빠진다. 이 공간에 기어서 일상을 살아가는 직원에게도 미안하고, 매일같이 들러서 서로의 삶을 응원하는 손님에게도 미안하다. 그래서 어찌하였든 지킨다. 처음 약속했던 시간을 지키면서 하루하루를 보낸다.

며칠 전에는 오래된 손님이 날씨를 묻듯이 이런 질문을 던졌다. "언제까지 카페를 운영하실 생각이세요?" 그 질문을 받고 오래도록 다른 손님이 오지 않았고, 고민할 틈도 많았지만 명확한 답을 내놓지는 못했다. 그저 요즘 이런저런 상황이 좋지 못하다고 엄살을 피웠다. 마음속에 떠오르는 현실적인 답을 입으로 내뱉어 구체화하고 싶지 않았다.

다만 나와 비슷한 사람들이 찾아오는 이 공간을 어쩌면 영원토록 지키고 싶다는 바람을 가지고 있다고 말하고 싶었다. 불가능한 일이지만 그것이 가능한 시절까지는 어쨌든 견디고 싶다고 속으로 중얼거렸다. 그러다 보면 희망적인 일이 생기고, 때로는 좌절할 일이 생기고, 그런 사연을 나누면서 그런 말조차 나누기 힘들다면, 거리의 풍경을 보면서 시간의 흐름을 느끼고, 그렇게 살아가면 되지 않을까 하는 생각을 했다. 그렇게 산다면, 어느새 우리는 괜찮은 추억이 되지 않을까.

떠나는 사람과 오는 사람

S는 평일 저녁 시간의 보조 바리스타였다. 유달리 키가 크고 어깨가 넓은 그는 묵묵히 낮은 일을 하며 카페를 빛나게 해 주는 친구였다. 지방 거점 대학교의 경영학과에 재학 중이었는데, 시험 기간에도 한결같이 출근하는 성실한 직원이었다. 나는 그가 오랫동안 우리 카페에 있었으면 하고 바랐다. 그런 그가 갑자기 일을 그만둔다는 이야기를 했을 때, 나는 순간적으로 머리가 아팠다. 일을 그만두는 이유는 다시 수능을 치르기 위해서라고 했다. 풋풋한 새내기인 S가 그런 결정을 내리기까지 어떤 고뇌를 했을지는 가늠이 되지 않았다. 다만 조용한 카페를 지키면서 스스로와 어떤 대화를 나누었을지 짐작만 할 뿐이었다. 한 걸음 뒤에서 그의 표정과 마음을 그려 보니 괜스레 미안한 마음만 들었다.

이 작은 거리는 어두워지면, 유독 조용하다. 아마도 이 도시가 기반 기능이 희박한 '베드 타운'이기 때문이 아닐까. 카페의 손님들도 대부분 아직 아이가 어린, 젊은 부부들이 대다수다. 이곳의 낮은 어떤 낭만적인 소비가 일어나기도 하고, 불안을 나누기 위해 이웃 간의 만남이 이루어지기도 하지만, 밤이 되면 내일을 위해서 아이를 돌보고 분주한 집안일을 해야만 하는 삶이 대부분이다. 그래서 밤이 되면 따뜻한 색감의 가로등이 무색하도록 쓸쓸한 풍경이 된다. 그럼에도 카페는 늘 열려 있어야 하는 공간이다. 우리도 내일을 준비해야 하므로, S는 나름대로 바쁜 시간을 보냈을 것이다. 아마도 더러워진 바닥을 쓸고 유리를 닦는 일, 책꽂이의 먼지를 제거하는 일, 평소에는 경험하지 못했던 일을 반복하는 그의 어깨가 언뜻 보이는 듯했다. 얼마간 해야 할 일을 하고 책을 읽는 그의 모습이 자연스럽게 그려진다.

해야만 하는 일을 끝내고 나면 휴대폰이 보는 것이 아니라, 책을 읽는 것이 우리의 규칙이기 때문이다. 어떤 날은 눈에 문장이 스며들지만, 또 다른 날은 창밖을 보며 꽤 느린 시간을 보내지 않았을까 싶다. 밖이 칠흑같이 어둡기 때문에 유리창은 거울처럼 되지 않았을까 싶다. 그렇다면, 조금 떨어진 곳에 함께 앉아 있는 사람이 있더라도, 더 크게 보이는 것은 자신밖에 없으니 때로는 거울 같은 창을 보며 자기와 대화를 했을 것 같다는 생각이 든다.

읽던 책을 몇 줄 보고, 창에 비친 자신을 응시하면서 어떤 생각을 했을까. 아마도 세상에 속한 자신의 좌표가 제법 뚜렷하게 보였을지도 모르겠다. 반복된 기시감 속에서 이 작은 카페가 알처럼 느껴졌을지도 모르겠다. 그래서 갑자기 일을 그만둔다는 소식을 들었을 때, 나는 축복하는 것 외에는 특별한 말을 전할 수가 없었다. 더 나은 곳으로 나아가려는 그의 결단을 되돌릴 수 있는 능력이 나에게 있을 리가 없었다.

서둘러 구인 광고를 올리면서 서글픈 마음이 들었다. 별 볼일 없는 작은 카페를 운영하면서 누군가에게 함께 하자고 초대장을 보내는 것은 익숙해지지 않는 일이다. 거기에 적힌 친절, 감동, 영감 같은 단어가 과도하다는 느낌이 들기도 한다. 그런 단어를 쓰는 것은, 스태프를 새롭게 받아들이는 일이 생각보다 큰일이기 때문이다.

새로 오는 이에게 가벼운 마음보다는 조금은 무거운 마음이 더 좋지 싶다. 레시피를 공유하는 것보다 우리의 태도를 납득시키고 공유하는 것이 얼마나 어려운 일인지. 카페의 내부자가 늘어갈수록 카페를 둘러싼 껍질 같은 것이 조금씩 얇아지는 느낌이 든다. 시간이 지날수록 신비한 것은 없어지고 날것이 되어 간다. 꾸며 주는 장식은 점점 없어지고 어떻게 보면 본질인 장사꾼의 모습만 남게 될까 걱정된다.

새로 오는 이에게 바라는 것이 있다면, 짧은 시간 동안의 노동이 고독함으로 다가오지 않았으면 한다는 것이다. 무엇보다 외롭지 않았으면 한다. 조금 더 욕심을 부리자면, 보이지 않는 곳의 먼지를 털어 내거나, 머그잔 속의 잘 지지 않는 얼룩을 닦아 내면서 마음속에서도 비슷한 일이 일어났으면 좋겠다. 자기 자신만 아는 결백이 마음을 살찌우는 법이다.

나는 S를 위해 책을 한 권 사고, 새로 오는 사람을 위해서 책을 한 권 샀다. 같은 책이지만, 조금은 다르게 읽힐 것이 분명하다. 대개 우리의 친절, 감동, 영감은 손님에게서 오는 것을 다시 돌려주는 것이지만, 가끔 조용한 가운데 읽는 문장에서 온다. 그렇게 잔잔한

시간 속에서 오는 그것이 삶을 움직이는 동력이 된다
는 믿음이 있다. 그런 작은 마음이 우리 카페 어느 편
에 조금씩 쌓였으면 한다.

A를 보내는 봄

일할 때 얘기하기는 좀 어려울 거 같아 문자 드립니다. 놀라셨을지, 눈치를 채셨을지 모르겠지만, 더 늦기 전에 제 가게를 준비하고자 해서 미리 말씀드립니다. 아직 구상 단계라 아무것도 정해진 건 아니지만, 3월 말에서 4월 말 정도까지만 일하게 될 듯합니다.

매화가 피기 시작할 무렵이었다. 그가 우리 카페에 온 것도, 그가 떠난다고 한 것도 그즈음이었다. 그가 나간다고 하니 뭐라 말을 해야 할지 고민되었다. 상투적인 표현이지만, 그동안 함께해서 영광이었고 감사했다고 답장을 보냈다. 어쩌면 제일 의지했던 사람이었다. 같이 일하면서 느껴지는 애씀이 있었기에 나도 같은 리듬으로 계산 없이 땀을 흘릴 수 있었다. 그렇게 보람 있는 하루하루를 함께 보냈던 사람이었다.

　나에게는 어쩌면 좋은 시절을 함께 빚어 나간 사람이었다. 덕분에 일주일에 반나절은 마음 놓고 글을 쓰기 위해 가게를 비울 수도 있었고, 그가 남긴 삶의 발자국을 보며 몇 편의 글을 적기도 했다. 동시에 조금은 힘든 시절이기도 했다. 그가 우리 카페로 넘어온 첫해 봄에 코로나가 터졌다. 카페 운영은 오래 했지만, 한 번도 경험한 적 없던 시절이었다. 매장 영업을 못 하고 테이크 아웃만 가능했던 날도 있었다. 하루가 무척 길고도 조용했던 그 시절. 체력은 남아돌았지만, 밤잠을 설치는 날이 많았다. 그래도 그가 있어서 든든했다. 피곤해도 그가 출근하기 전까지 기다리면 괜찮았다. 교대로 가졌던 이십 분간의 낮잠 시간은 눌어붙은 불안과 피곤함을 벗겨낼 수 있는 순간이었다. 그가 바를 지키고 있으면 유난히 마음이 편했다.

　그가 먼저 쉬고 내가 쉬었다. 스태프실에 있는 간이 침대에 몸을 뉘면 곧바로 잠이 들곤 했었다. 그런 밤잠 같은 낮잠이 있어서 그 시절을 무사히 지나올 수 있었다. 삶을 멀리 보면 어려워도 우리는 그럭저럭 하루를 살았다. 그런 날이 제법 쌓였다. 수북이 쌓인 지난날처럼 그의 앞날도 무탈하게 쌓여가길 바란다.

그가 새로 오픈하는 카페는 이곳에서 그리 멀지 않은 곳이다. 그 소식을 매화가 만개했을 즈음 들었다. 앞에 아이들이 놀 수 있는 놀이터도 있고, 벚나무도 있고, 하천도 있다고 했다. 그와 어울리는 곳이라서 다행이었다. 당분간 글을 쓸 수 있는 시간을 만들기는 어렵겠지만, 그래도 그런 날이 온다면 그의 카페에 앉아서 뭔가를 써야지 하고 다짐했다.

그려 본다. 우리 카페보다는 높은 천고에, 조금 더 어두운 조명에, 매장 가운데에는 멍하니 바라보기 좋을 작은 정원이 있는 공간을 그려 본다. 한켠에는 그가 정성스럽게 커피를 만들고 있고, 테이블마다 사람이 앉아 있고, 피곤하지만 그럼에도 불구하고 짓는 그의 익숙한 표정을 그려 본다. 그런 상상을 하면 기분이 조금 더 봄을 닮아 가는 것 같다. 그러면 또 다음 사람을 맞이하고, 그렇게 함께 또 어떤 시절을 살아가는 것이 가능할 것만 같다.

보통의 존재인 우리가

1988년도에 나는 유치원에는 가지 못했고, 태권도 도 장을 다녔다. 그것은 아마도 그해 열었던 서울 올림픽 과 무관하지 않을 것 같다. 텔레비전을 틀면 각 나라가 공정한 규칙 안에서 경쟁을 하는 모습이 생방송 혹은 재방송으로 나왔다. 결국 당시 개도국이었던 우리나라 는 4위를 달성한다. 잊은 지 오래되었지만, 시대에 드 리웠던 그림자와 무관하게 나도 제법 큰 꿈을 꾸지 않 았을까 싶다. 아마도 언젠가 열람실 칸막이에 붙여 놓 았던 '하면 된다' 식의 꿈이 아닐까. 실제로 가정 형편 도 조금씩 나아지는 듯했다. 보일러의 연료가 연탄을 거쳐 석유를 거쳐 가스가 되었기 때문이다. 이것의 바 탕은 깊게 생각하지 않아도 부모의 희생이라는 것을 알고 있다.

이농민이었던 아버지는 주말 없이 밤낮으로 일만

해야 했다. 아침 여섯 시가 되기 전에 집을 나가 밤 열한 시가 되어서야 집에 오는 일이 허다했다. 공장이 자주 바뀌는 듯했지만, 철야 작업을 하는 날도 심심치 않게 있었다. 특별한 기술을 가지지 못했던 아버지는 쉽게 부릴 수 있는 노동자였다. 일자리를 유지하기 위해서라면, 한 푼이라도 집으로 더 가져오기 위해서라면, 그는 생산 체제에 몸을 완전히 구겨 넣어야 했을 것이다. 어머니도 각박한 살림에 조금이라도 보탬이 되기 위해 부업을 했다. 집안일이 끝나면 쉬는 것이 아니라, 방 한편에서 방석을 깔고 앉아 홀치기라는 작업을 했었다. 그것은 기모노 원단을 염색하기 전 패턴을 넣기 위한 작업이었는데, 손가락에 물집이 잡히도록 그 일을 오랫동안 했던 모습이 기억에 선명하다. 그런 가족의 그늘 덕분에 나는 학교를 다니고 겨우 보통의 어른으로 자랄 수가 있었다.

대학교를 진학할 때는 어떻게든 'In 서울'을 해야 한다는 것을 알고 있었지만, 지방의 고등학교의 어설픈 모범생인 나는 그렇게 특별한 존재가 되지는 못했다. 그래도 꿈은 이루어진다는 것을 믿었다. 그 때문에 지방 사범대학교에 진학했다. 내가 어떤 신을 믿고 열심히 기도하고 노력한다면 꿈은 이루어지는 것은 아닐까, 그런 단순한 믿음이 유효했다. 그 시절 유행했던 책 《연금술사》[1]의 "무언가를 간절히 원할 때, 온 우주는 자네의 소망이 실현되도록 도와준다네."라는 대사처럼 전 우주가 도와주지는 않을까, 하는 생각을 했다.

지금 돌이켜보면 산산이 부서지지는 않았어도 많은 상처가 생길 수밖에 없는 꿈이었다. 아무리 생각해도 우리가 살아가는 지금은 1988년과 크게 다른 것이 없지 싶다. 사실은 조금이라도 더 특별해야 겨우 보통의 삶을 살아갈 수 있는 세상이다. 그래야 주말에 산책을 즐길 수 있고, 저녁에 온 가족이 둘러앉아 밥을 먹을 수 있다. 때때로 노후를 잊고 시간을 편하게 흘려보낼 수 있다.

1989년생 선해, 그는 내가 아는 청년 중에서 특별한 축에 속하는 사람이다. 뽀얀 미인 같은 얼굴에 군살 없는 근육형 몸매를 가지고 있다. 단골이라 관대하게 말하는 것은 아니다. 그는 특유의 아우라 덕분에 몇만 명의 팔로워를 거느리고 있는 인스타그래머이기도 하다. 하지만, 현실에서는 나와 비슷하게 작은 카페를 조용히 운영하고 있다. 그는 카페 운영의 모든 것을 거의 혼자 감당하는데, 그 이유가 신선했다. 괜찮은 대우를 해 줄 수 있을 때까지는 혼자서 일을 하는 것이 마음이 편하다는 것이다.

그는 삼 년 동안 서울에 위치한 카페에서 일했다. 그 시절을 이야기하는 목소리는 다소 떨리는 듯했다. 오전 열 시에 출근해서 오후 열 시에 퇴근하지만, 받게 되는 월급 수준이라든지, 그 시간 동안 벌어들이는 매출에 관한 내용이었다. 몸에 문신을 자유롭게 새길 권리는 있을지언정, 시스템에 몸을 구겨 넣어 간신히 낭만을 유지하는 세대를 이야기했다. 예전에는 시골에서도 인근 도시로의 이주민이 많았다면, 지금은 모든 것이 서울로 집중되어 있기 때문에 열악한 처우에도 청년은 넘쳐날 것이 뻔했다.

다들 오대양 육대주를 누비며 큰사람이 되라는 말을 들으면서 자랐을 청년들이다. 선해도 더 젊었을 시절에는 먼바다를 건너 어떤 나라에서 워킹홀리데이를 경험했다. 말은 통하지만 제자리걸음인 고향에서의 삶과 말이 통하지는 않지만 백지에서 시작하므로 나아가는 듯한 타향의 삶 중에 어떤 것이 더 막막할까.

다른 대륙의 광활한 농장에서 배웠을 고독이랄까, 그런 것이 언뜻 보이는 듯했다. 우수에 찬 그의 눈을 보면서 어쩌면 특별함에 대한 시대의 기준이 너무 높아져 버린 것은 아닐까 하는 생각이 들었다.

손원평 작가의 《서른의 반격》[2]을 읽었다. 서른을 훌쩍 넘어 대기업의 계열사에 인턴으로 합격한 주인공을 응원하면서 천천히 책장을 넘겼다. 바라건대 그 결과가 뻔하지 않았으면 한다. 어떤 자리에 올라서 올챙이 시절을 잊는 타협을 하지 않았으면 한다. 힘겹게 특별한 사람이 되어 보통의 삶을 살아간다는 내용은 서글프다. 웃음으로 얼버무리는 것도 마찬가지다.

비 오는 날 선해와 나는 혁명을 꿈꾸는 시민군처럼 텅 빈 카페에 앉아서 진한 커피를 마셨다. 보통 사람이 어떻게 세상의 주인이 될 수 있을까. 기적일까, 사랑일까, 노력일까. 도시의 모퉁이에 겨우 자리를 잡고 사는 우리가, 겨우 이만큼의 카페를 움직이는 우리가, 세상을 향한 반격을 조금이라도 할 수 있을까. 정답이 없는 대화였기 때문에, 무언가를 찾아 헤매는 마음이었다.

버킷리스트는 아니고

손님이 자신이 새롭게 시작한 사업을 소개하면서 죽기 전에 꼭 한 번은 타야 한다고 하길래, 반감이 치밀었다. 삶의 유한성을 이렇게 남용해도 되는가 싶었다. 그저 먹고살기에도 바쁜 세상이다. 나는 죽기 전에 무엇을 해야 한다, 어디에 가야 한다, 어떤 음식을 먹어야 한다는 이야기를 들으면 나는 종종 파블로프의 개가 되는 느낌이다. 침이 나오는 것처럼 '나는 아니라고 생각한다'는 말이 나오려 한다. 나는 죽기 전에 무엇을 하고 싶으냐면 그저 살아가는 모습을 남겨질 사람에게 보여 주고 싶다고 말하고 싶었다.

그날은 유독 장사도 되지 않았다. 비어 있는 자리가 더 많았다. 힘이 남아돌아서 그랬을까. 정신을 차렸을 때는 이미 그런 이야기를 어눌하게 돌려서 하고 있었다. 마스크 넘어 불편한 표정이 보이는 것 같았다.

그렇게 손님 면전에서 주절거리는 내가 하찮은 사람처럼 느껴졌다. 그저 빈말이라도 "네, 다음에 가볼게요." 답하고 해야 할 일을 하면 되는데, 그날은 이런저런 말들을 주제넘게 내뱉고 말았다. 하고 싶은 말을 거의 다 해 버렸다. 그랬더니 속이 후련하기보다는 미안한 마음이 들었다. 그래서 구태여 첨언했다. 사실은 내 사정이 이러저러하다 그래서 비싼 돈을 못 쓴다. 시간을 내기도 어렵다. 나는 주말에 주로 놀이터에 있거나, 하천가에서 시간을 보내는 것이 마음에 편하다고 말했다. 그랬더니, 그녀가 담담한 어투로 할인을 또 해주겠다고 이야기하는 것 아닌가. 덥석 언약을 하고 말았다. 주말에 아내에게 이야기해 보겠다고 말이다.

그렇게 며칠이 지나고 토요일 밤이 되었을 때, 분위기를 봐서 아내에게 요트를 타러 가지 않겠냐고 물었다. 아내는 눈을 크게 뜨며 관심을 보였다. 사실은 이런 일이 있었다는 이야기는 하지 않았고, 단골손님이 요트 사업을 시작했는데 할인을 해 준다고 했다 말했다. 얼마냐고 물어보길래, 대답했더니 아내의 눈이 커졌다. 잠깐 고민하던 그녀는 오케이 사인을 보냈다. 어딘가에 두었던 명함을 찾아서 문자를 보냈다. 그래서 일요일 오후 두 시에 요트 관광을 예약하게 되었다.

　나는 하루 세 끼를 꼭 먹어야 하는 타입이다. 오전 아홉 시에 버터 바른 식빵과 소시지로 늦은 아침을 먹고, 오전 열한 시 반에 삼각 김밥을 꾸역꾸역 먹은 뒤 커피를 한가득 내려서 오래된 승용차에 몸을 실었다. 두 딸은 원피스를 입고, 아내는 몇 해 전 여행했던 해외에서 구매한 캘빈클라인을 입었다. 나도 일할 때 입는 검은 슬랙스에 흰색 고밀도 셔츠를 꺼내 입은 상태였다. 차를 타고 가면서 큰딸은 기분이 무척 좋은 듯 발을 동동거렸고, 작은딸은 했던 말을 반복했다. 어디에 가느냐고 물었고, 언제 도착하느냐고 물었다. 부산에 가까워질수록 길은 막혔다. 도로가 입체적으로 교차하는 구간이 많아 운전하기 힘들었다. 늦으면 안 되는데, 싶은 마음이 들 때마다 준비해 온 커피를 한 모금씩 마셨다. 그렇게 동작을 무수히 반복하며 커피의 바닥이 보일 때 즈음 부산요트경기장이 보였다.

　요트를 탔던 한 시간은 말 그대로 지워지는 것처럼 빠르게 지나갔다. 감각적으로 새로운 경험이었다. 바람은 기압 차이에서 비롯되는 것이고 기압은 온도에서 시작된다. 요트는 온도 차이가 있는 해역을 빠른 속도로 이동했으므로 바람이 사방에서 부는 것처럼 느껴졌다. 부풀어 오름과 가라앉음을 영원히 반복하는 파랑의 원운동도 요트에서는 요람의 리듬처럼 가볍게 느껴졌다.

두 딸은 선단을 이리저리 뛰어다녔다. 바람을 따라서 원피스도 이리저리 춤을 췄다. 아내도 두 딸의 반응 덕분에 기분이 좋은지 아니면 이 공간이 선사해 주는 감각이 만족스러워서인지 평소보다 더 환하게 웃는 것처럼 보였다. 나는 그런 모습을 담기 위해 카메라를 놓지 않았다. 그저 최대한 남기고 싶을 뿐이었다.

다행히 돌아오는 길은 막히지도, 어렵지도 않았다. 내비게이션의 목소리를 따라가다 보니 곧 익숙한 고속도로에 진입했다. 큰딸에게 물었더니 재미있었다고 했다. 소감이 짧아서 더 물어보니 사실 해적선이랑 모양이 달라서 깜짝 놀랐다고 했다. 단안 망원경을 눈한 쪽으로 보면서 배를 모는 선장을 상상했다고 했다. 그래도 모든 것이 멋졌다고 했다. 작은딸은 특별한 소감은 없는 듯했고 언제 도착하는지만 반복해서 질문했다. 아내도 좋았다고 했다. 아내는 내가 찍은 사진을 보다가 멀미가 나는지 눈을 감았다. 그것을 반복했다.

그러던 아내가 오늘 괜찮았는지 물어보았다. 나는 한 손으로 운전대를 잡은 채, 피식 웃었다. 그러고는 "좋았지."라고 말했다.

사실 속으로는 이런 생각을 했다. 계속해서 타 보고 싶다는 생각. 그 감각이 일상이 될 때까지 타 보고 싶다는 생각이 들었다. 파랑이 모이는 벼랑의 그늘에서 낚시도 하고, 파랑이 흩어지며 부서지는 모래사장 근처에도 가 보고 싶었다. 나를 바라보는 시선을 상상하며 선단에 서서 사람들을 하염없이 구경하고 싶었다. 잔잔한 바다 한가운데에서 아무런 걱정 없이 술도 마음껏 마시고, 등에서 껍질이 일어날 때까지 수영도 하고 싶었다. 그러다가, 입에서 나오는 대로 아무 말이나 하고 싶었다.

그런 날을 며칠이고 물릴 때까지 반복할 자신이 있었다. 나는 반복을 잘하는 편이니까. 나는 작은 카페를 책임지는 바리스타니까. 그 속에서 무한히 반복되는 여러 동작을 몇 년이고 해 왔던 역사가 있으니까. 아내에게 말은 하지 않았지만, 돌아오는 길에 그런 생각들을 했다. 누군가에게 이런 말을 한다면, 그 사람이 나에게 "그러면, 그것은 버킷리스트에 넣을만한 대단한 일이군요."라고 물어볼 수도 있겠다. 하지만 여전히 나는 아니라고 말할 것이다. 일상에서도 충분히 그런 비슷한 반복을 할 수 있다.

바다에서는 달의 인력 때문에 바닷물이 요동치지만, 여기에서는 손님의 요구로 내 마음이 부풀었다가 가라앉았다가 한다. 그 마음이 기쁨이든 슬픔이든, 나는 요트를 탄 것처럼 차분하게 걸어 다닌다. 그날의 날씨에 따라, 계절에 따라 창밖의 풍경도 어찌나 그렇게 달라지는지. 풍경과 관계없이 계절과 관계없이 새로운 카페는 생겨나고, 사건은 발생하고 매출은 또 얼마나 들쑥날쑥하는지.

짧은 요트 투어는 나에게 힐링이라기보다는 그저 거대한 필링이었다. 평정심으로 돌아오기 위해 이렇게 긴 합리화가 필요했던 것을 보면 한 번쯤 가볼 만한 여행인가 하다. 그렇지만, 여전히 나의 버킷리스트에는 가 본 적 없는 곳을 향한 여행이라든지, 못 먹어본 음식을 넣는 일은 없을 것 같다. 다만 내 삶의 끝에 대해 누군가 친절하게 귀띔해 준다면, 나는 신발 끈을 조금 더 단단히 묶고 카페로 출근할 계획이다. 그리고 여전히 하루에 세 끼를 꼬박 챙겨 먹을 것이다. 그러다 비번인 날에는 그동안 만나지 못한 고향 친구를 만나러 간다든지, 고마운 스승을 찾아서, 멀리 사는 동생을 보러 짧은 여행이나 가야지 싶다. 거기서 같이 밥을 먹고 술 몇 잔, 담배 몇 개비를 피우고 싶다. 하고 싶은 말과 해야 할 말을 신중히 골라서 따뜻한 마음만 남기고 싶다. 그리고 조금만 머뭇거리다 아쉬움을 남기고 돌아와야겠다.

드립백

드립백을 찾는 손님이 제법 있다. 그러면 나는 없다고 말하는데, 단골손님은 왜 하지 않느냐고 반문하는 경우가 많다. 우리 카페의 매출을 조금이라도 올려 주고 싶어서 그렇다는 것도 알고 있다. 최선은 구구절절 설명하지 않고 자세를 바로잡은 뒤, 죄송하다고 고민해 보겠다고 대답하는 것이다. 요즘처럼 장사가 잘 안되는 시즌은 사실 하면 좋을 것 같기도 하다. 하지만, 일하면서 고민한 결론은 늘 '하지 말자'가 된다.

여러 가지 이유가 있지만 먼저 맛이 마음에 걸리기 때문이다. 드립백의 커피가 나쁜 것은 아니다. 원두량이 충분하면 카페인이 많아 각성 효과도 충분히 있다. 내리는 사람이 어느 정도 정성을 다하느냐에 따라서 인스턴트 커피와 완전히 차별되는 풍미도 있다. 그럼에도 불구하고 나의 결론은 '매출에 대한 욕심을 부리지는 말자'가 되어 버린다.

향에 대한 집착 때문이다. 커피의 향은 원두가 물리적으로 부서지는 순간 생기는 드라이 아로마에서 시작된다. 커피의 맛은 그 순간의 향을 어떻게 뜨거운 물에 녹이느냐가 관건이다. 전통적인 핸드 드립 방식에서 물줄기를 가늘게 하는 것을 중요시하는 것도 같은 흐름이다. 갓 간 원두에 적절한 온도의 물을 최대한 빠르게 만나도록 해야 하고, 동시에 천천히 통과시켜야 완성된 커피가 그 향을 온전히 품을 수 있다. 반대로 만남을 지연하는 만큼 원두의 특성을 온전히 반영하기가 어렵다.

우리도 부서지면 마음속에 있던 것이 튀어나오는 것처럼 원두도 부서졌기 때문에 감추어진 고유의 향을 방출한다. 고소하고 때로는 상큼한 향이 공기 중에 널리 퍼져 나간다는 것은, 액화될 향도 소실되고 있다는 의미다. 갓 갈린 원두의 향을 맡으면, 그런 순간에는 포장하는 것이 아니라 뜨거운 물을 부어야 한다고 원두가 말하는 것 같다. 드립백을 만드는 과정을 그려 보면 그 시간 동안 잃어버리게 될, 패킹이 된 이후에도 은박 포장지 안에서 미묘하게 변질될 그것이 보인다.

그 미묘한 틀어짐을 외면하기가 어렵다.

드립백을 찾는 손님을 앞에 두고 이런 말을 하게 되면 눈동자가 무척 흔들릴 것이 뻔하다. 그래서 대개 이런 말은 혼잣말로 하는 편이다. 하지만, 커피를 오래 할 수록 미묘한 것을 더 챙겨야 한다고 생각한다. 미묘한 것은 타성에 젖기 어려우니, 비타민처럼 챙겨야 한다고 생각한다.

만드는 시간도 문제다. 제대로 만들기 위해서는 위생적인 부분에 많은 신경을 써야 하고, 그러기 위해서는 몇 개의 드립백을 만드는 것에도 제법 많은 시간이 소요된다. 더불어 만드는 사람의 노동 강도도 고민하지 않을 수 없다. 매장 흐름이 거의 없다면 큰 관계가 없지만, 위생을 챙겨 가면서 패킹을 하는 과정을 그려 보면, 우리 카페에서는 과잉 노동이 될 가능성이 크다. 퀭한 눈빛의 바리스타는 상상만 해도 서글프다. 커피를 사고파는 데 중요한 것은 이문도 있지만, 역시 중심에는 사람이 있어야 한다고 생각한다. 직원들도 한가한 시간에는 앉아서 쉬기도 하고, 책을 읽거나 뭔가 넋을 놓을 수 있는 여유가 있어야 마음의 여백이 생긴다. 그래야 전혀 모르는 타인에게 위로가 되는 커피를 내릴 수 있는 표정이 생긴다. 이런 이유로 드립백을 만들 시간이 있다면 우리 스태프들도 조금 앉아서 쉬거나 심심한 시간을 가졌으면 하는 바람이다.

드립백을 사야 한다면, 세 가지 정도를 확인했으면 좋겠다. 첫째, 원두의 중량이다. 중량은 카페마다 천차만별이다. 중량이 많을수록 커피 맛이 진하고, 내리는 사람마다 나올 수 있는 맛의 편차가 덜하다. 무조건 저렴한 것을 구매하는 것보다는 중량을 확인하는 것이 좋다. 둘째, 만든 시기를 확인했으면 한다. 아무래도 오늘에 가까운 날짜일수록 향이 살아있을 가능성이 높다. 실제로 커피 향미를 평가하는 커핑을 진행하는 경우 분쇄한 지 삼십 분이 지난 원두는 사용하지 않는 것을 원칙으로 한다. 그만큼 쉽게 사라지는 것이 부서져 버린 원두의 향기라는 뜻이다. 마지막으로 질소가 충전된 드립백을 사는 것이 좋다. 드립백 안에 산소가 아니라 질소가 있다면 그 드립백은 화학적 변화로부터 상대적으로 안정적이다.

알고 보면 약간 피곤한 스타일

처음 직원을 교육할 때 늘 하는 두 가지 말이 있다. 첫 번째는 사랑하는 사람이 마신다고 생각하고 커피를 만들었으면 한다는 말이다. 연애하는 사람이 직원으로 들어오면 이 커피를 연인이 마신다 생각하라고 말하고, 결혼을 앞둔 사람이라면 배우자가 마신다고 생각하고 만들어 달라고 이야기한다. 심지어 교회에 다니는 친구가 들어왔을 때는 손님 중에 예수님이 있다고 생각하면 좋겠다고 말하기도 했다. 지나친 요구이기는 하지만, 어쨌든 우리는 나름의 인생을 걸고 카페를 운영하기 때문에 이런 식의 과한 요구를 하는 편이다.

두 번째는 이 공간에 익숙해지지 않았으면 한다는 말이다. 듣기에 조금은 이상한 말일 수도 있지만, 뭔가 서걱거리는 감각들을 최대한 오래도록 유지했으면 좋겠다고 이야기한다. 초반에 잔을 깨거나, 완성된 커피를 엎지르는 동작은 그 감각을 더욱 일깨워 주기 때문에 고무적인 일이라 여긴다. 다치지 않는다면 잔이야 새로 사면 되는 일이고, 커피는 다시 내리는 면 되는 일이다. 딜레이가 발생한 손님에게 사과를 전하고 커피 몇 잔을 더 드리면 된다. 괜찮으니 걱정 말고 이 공간의 낯선 느낌을 오래도록 유지해 달라고 당부한다.

첫 번째 당부는 소명 의식과 관련이 있다. 괜찮은 커피 한 잔을 내리기 위해서는 만드는 사람만이 알 수 있는 영역이 많고, 그것의 책임 또한 한 사람의 몫이다. 잔 외부의 얼룩은 손님이 알아챌 수 있지만, 안쪽의 얼룩은 보이지 않기 때문에 모르는 것이고, 그룹 헤드와 포터 필터의 완벽한 청결도 외부에서는 도무지 확인할 수 없는 영역이다. 그것 외에도 카페는 타협의 여지가 많은 직종이다. 잔 받침, 스팀 피쳐, 스팀 행주, 바 스푼, 원두의 숙성 정도, 우유의 유통기한, 소스 노즐, 워머, 트레이의 뒷부분 등 바리스타만이 알 수 있고 관리해야만 하는 영역이 꽤 많은 편이다. 이런 부분에서 타협하게 된다면 몸은 편하지만, 마음은 또 그렇지 않다. 마음에 녹이 슨다고 해야 할까. 피곤하지는

않지만 어떤 구석에 그늘이 생긴다고 해야 할까. 돈은
벌지만, 영혼을 파는 듯한 느낌이 든다고 해야 할까.
그런 감정이 피어난다.

나름의 진정성을 구축한다면 개인적으로는 좋은
일이라 생각한다. 작은 자부심이 생길 것이고, 그 마음
은 등속도 운동 상태를 유지하는 관성의 법칙처럼 일
상 속에서 이어진다고 믿는다. 그래서 잊을 만하면 계
속 이야기하는 편이다.

내가 생각해도 참으로 피곤한 사장이다. 미안해
서 직원들과 함께 있는 시간에 설거지는 최대한 내가
하려고 하고, 허리를 숙여서 푸는 얼음도 나의 몫이다.
착석도 내가 마지막으로 해야 조금은 떳떳해진다. 손
님도 우리의 진정성을 대략 알고 있으리라 생각한다.
카페에 오는 사람들은 대부분 배가 부른 상태로 온다.
기본 욕구가 채워졌으므로, 감성적으로 민감한 편이
다. 처음에는 익숙한 공간이 아니기 때문에 마냥 괜찮
은 공간으로 생각하지만, 반복적으로 한 카페를 다니
다 보면 대개 보이는 것이 있다. 반복적으로 들를 수
있는 장소가 되기 위해서는 이런 작은 소명감은 필수
라고 여겨진다. 손님들은 이 공간이 익숙해졌으면 하

지만, 직원들은 그렇지 않았으면 좋겠다. 익숙하면 많은 행동이 습관에 따라서 움직인다. 습관은 고정된 반응 양식이고 자의적이지 못하다. 작은 실책은 아무렇지 않게 쌓인다. 그렇게 되면 이 카페는 진정성이 아니라 거짓의 공간이 되어 버릴 수 있다. 그렇게 되는 것은 내가 가장 두려워하는 일 중의 하나다. 그렇기 때문에 많은 사람이 치고 빠지는 전략을 취하는 것 같기도 하다.

창업하고 오 년 차가 되면 가게를 넘겨 버리고 권리금을 남긴 뒤 새로운 창업을 하는 세상의 공식이 있다. 나도 그런 방법을 생각해 보지 않았던 것은 아니다. 여기를 넘기고, 새로운 길목에서 조금은 다른 풍경에서 카페를 다시 시작하는 것은 어떨까 고민을 했던 시절이 있었다. 이만큼 벌어도 어떻게든 먹고사는 것은 가능해서, 사랑하는 사람이 늘어서, 그런 사람의 목록이 끝없이 갱신되어서, 그 마음을 접은 지 오래다.

그런 시간의 흐름 속에서 한 가지 비법을 배웠다. 마음의 굳은살을 깎는 방법이다. 직원과 손님을 내담자라고 생각하는 것이다. 이 카페에 영원히 함께할 수는 없겠지만, 함께 머무는 한, 함께 행복해야 하는 존재라고 믿는 것이다. 라포르를 형성해야 하기 때문에 그들의 언어를 재진술하게 된다. 더불어 고민이 있으면 같이 슬퍼하려고 애를 쓴다. 매출도 중요하지만, 그들의 표정이 더 중요하게 된다. 그러다 보면 몇 잔의 커피 거저 줄 수도 있고, 몇 권의 책을 선물로 줄 수도 있다. 급여도 최저 시급에 준하여서 주는 것이 아니라, 통장이 '텅장'이 되지 않는다면 얼마간 더 넣어서 챙길 수도 있다. 이는 성장, 발전이라는 단어와 거리가 먼 경영방식이라 볼 수 있다. 그럼에도 지속 가능한 무엇은 가능한데, 그 무엇인즉슨 삶이 아닐까 싶다. 내가 가장 늦게 앉고, 설거지를 열심히 할 수 있는 체력이 유지되는 한 삶은 지속될 것이다. 사실 이런 마인드는 사장이기 때문에 가능한 것 같기도 하고.

그런데도 그런 당부를 잊을 만하면 직원에게 상기시킨다. 했던 말을 또 한다. 그 이유는 카페를 지키기 위해서다. 이 공간과 우리의 관계가 나쁜 버릇이 되지 않았으면 한다. 그런 것은 아무리 생각해도 사랑의 반대 범주에 들어가지 싶다. 해서 나도 바 안에 들어서면 타성을 버리려고 노력한다. 중력에 저항하는 것처럼 일한다. 그렇게 작은 카페를 유지하고 있다.

초여름의 어느 날

하지를 넘어가며 녹음이 깊어지면 카페 앞 가로수도, 산책로 주변에 웃자란 풀들도, 하천 넘어 보이는 나무들도 각자의 절정을 자랑하는 듯 짙은 생명력을 뿜낸다. 누가 누가 더 진정한 녹색인지 자랑을 하는 것 같다. 다소 눅눅한 공기와 함께 그런 초록의 감각이 활짝 열린 테라스를 통해서 들어온다.

카페 안은 몇 개의 서큘레이터를 틀어도 한여름처럼 덥다. 제빙기, 냉동실, 에스프레소 머신의 열기 때문이다. 얼음을 만드는 만큼 열기가 생기고, 냉기를 유지해야 하기 때문에 열을 뿜고, 머신에는 늘 뜨거운 물이 끓는 점을 향해 가고 있어 히터만큼의 온기를 뿜는다. 문을 닫고 에어컨을 틀고 싶기도 하지만, 문을 닫는 것이 망설여진다. 손님에게 "에어컨 틀어드릴까요?" 하고 물어보지만, 대개 문을 닫는 것을 아직은 원하지 않는 눈치다. 작은 카페인지라 개방감을 원하는 것 같기도 하다. 아니면 코로나 여파로 환기가 중요한 요인이 된 것일 수도 있다. 날씨가 어중간하다면 힘들 지만, 문을 열고 영업하는 날이 많다. 주변 카페를 살 펴보면 다들 테라스 창문을 지독하게 안 닫는다. 더운 데 어떻게 견디지 싶다. 나는 더위를 많이 타는 편이므 로 거의 제일 먼저 문을 닫고 영업한다.

요즘은 그렇게 여유로운 시간을 보내고 있다. 안에서 내가 할 수 있는 최선이 무엇일까, 고민하다가 커피를 내려 마신다. 언젠가 올 손님을 위해서라도 내 기분을 조율해야 하고, 커피 맛을 일정하게 하기 위해서는 그 라인더를 오래도록 쉬게 하면 안 되기 때문이다.

혼자서 커피를 내릴 때는 주로 바텀리스 포터 필 터를 이용한다. 바텀리스는 에스프레소를 모아 주는 스카웃이 제거된 포터 필터를 말한다. 바스켓 필터가 외부로 노출되어 있기 때문에 커피가 제대로 추출되 는지 한눈에 보인다. 이 필터는 바쁜 상황에서 사용하 기에는 조금 조심스럽다. 청결에 문제가 생기기 때문 이다. 잘못된 추출이 이루어질 경우 에스프레소가 예측할 수 없는 방향으로 튄다. 그럼에도 과정과 결과가 온전히 보이므로 커피 맛을 점검하기에 유용하다.

　모든 과정에 실수가 없으면 드러난 필터에서 진한 고동색 에스프레소가 서서히 떨어진다. 무수하게 난 작은 구멍에서 고르게 에멀전 상태의 커피가 나오는 모습은 어떤 곡물의 기름이 나오는 것처럼 보이기도 한다. 에멀전 상태는 커피의 여러 성분이 물과 기름처럼 나눠진 상태가 아니라, 섞여있는 상태를 말한다. 이건 시간이 지나면 분리된다. 모든 과정에 빈틈이 없으면 젤리 같은 크레마를 포착할 수도 있다. 반면에 '물 흘리기'를 생략하거나, 도징에 실수가 있거나, 다져진 원두가 한쪽으로 치우쳐 있으면, 그냥 뜨거운 물이 흘러나오는 구역이 분명하게 보인다. 그것은 담긴 원두 가루와 무관하게 삐져나오는 것이기 때문에 아래로 떨어지는 것이 아니라, 터진 호수에서 삐져나오는 물처럼 예측 불가능한 방향으로 튀기도 한다. 무신경했던 어떤 순간은 어김없이 그런 일이 벌어진다. 그래서 바텀리스를 손에 쥐고 있으면 어깨를 한 번쯤 털고, 심호흡을 하게 된다.

　그렇게 혼자서 사부작거리면서 몇 잔의 커피를

마신다. 그런 시간을 보낼 수 있는 것은 알람처럼 정해진 시각에 늘 와 주는 손님들이 있기 때문이지 싶다. 그들의 이름은 모르지만, 멀리서 걸어오는 실루엣만 봐도 좋아하는 커피 취향을 알고 있다. 꼭 샷을 추가한 라테를 드시는, 시럽을 한 번 하고도 반 넣어야 하는, 강아지의 물을 챙겨 줘야 하는, 오래된 텀블러에 스팀으로 세척한 뒤 더치 커피를 진하게 받아 가는, 얼음 두 개 넣은 뜨거운 아메리카노를 좋아하는. 계절과 무관하게, 시절의 어려움과 관계없이 여닫는 시간을 지킬 수 있는 것도 그런 분들 덕이다.

덕분에 작은 희망을 품고 카페의 여기저기를 둘러본다. 테이블을 다시 닦고, 의자에 얼룩이 있는지를 확인한다. 음악을 바꿔 보기도 하고, 리듬에 맞게 음량을 조절한다. 조금이나마, 쾌적할 수 있도록 선풍기를 이렇게 저렇게 틀어 보기도 한다. 주렁주렁 매달려 있는 전구를 체크하거나, 거미줄이 있지는 않은지 살핀다. 살피면 어디든 부족한 점은 있고 해야 할 일은 계속 생긴다.

단골들을 기다리다가, 새로운 손님을 맞이하기도 한다. 그렇게 한여름을 준비하고 있다. 곧 어쩔 수 없는 무더위가 찾아오고 어떤 사정과 관계없이 문을 닫고 영업을 할 날이 얼마 남지 않을 것 같다.

아무리 애를 쓴다 한들 이 공간이 완벽하고 안전할 수 없다는 것을 알고 있다. 그럼에도 소박한 위로가 되는 커피를 전하고 싶다. 그것이 입에 닿는 짧은 순간만은 서로가 가지고 있는 걱정이 아무것도 아닌 것처럼 조금씩 녹았으면 좋겠다. 그런 생각을 하며 한여름 같은 초여름의 어느 날을 보냈다.

한적한 가을

여름 내내 손님이 아니라 가을을 기다렸던 것 같기도 하다. 여름이 끝나갈 즈음에는 커피를 내리면서도, 손님과 이야기하면서도 생각은 종종 '덥다 더워'로 튀었다. 늘어진 듯한 더위는 끝이 없을 것 같았다. 타는 태양은 영원불변의 존재처럼 보였고, 이글거리는 지면을 보면서 이 고장난 듯한 열기가 이 거리를 영속적으로 지배하는 것 아닐까 상상하곤 했다. 그러다 갑자기 예고도 없이 찾아오는 단체 손님처럼 가을이 찾아온다.

아침 여섯 시 삼 분에 카페에 도착해 테라스 창을 활짝 열면, 내가 백수 시절 그려왔던 공간의 풍경이 만들어진다. 열린 곳에서 선선한 바람이 불어오고, 풀벌레 소리가 들린다. 어떤 날에는 귀뚜라미가 카페 안에도 들어왔는지 카페 깊숙한 곳에서도 '귀뚤귀뚤' 했다. 산책로에는 낙엽이 제법 깔려 있고, 운이 좋으면 떨어지는 낙엽도 볼 수 있었다. 테라스에 매장에 보관했던 테이블과 의자를 하나씩 빼는 동안 카페는 어느새 좋은 예감처럼 상큼한 공기가 가득했다. 아무도 없지만, 기분이 그렇게 좋을 수가 없었다. 가사가 없는 음악을 잔잔하게 틀어 놓으면 낡아 가는 곳이지만, 공간에 대한 자부심이 생겼다. 어떤 손님이든 반갑게 맞이할 수가 있다. 카페 손님이 아니라, 단지 화장실을 쓰기 위해 오는 객들도 환영이었다. 카페 서재에는 요즘 책이 늘었다. 집에 있는 책꽂이가 부족해서 억지로 보관하던 책을 조금씩 옮겨 놓고 있다. 그 속의 이야기들이 손님에게 혹은 직원에게 작은 위안이 되었으면 했다.

계절이 이렇게 좋아졌으므로 열심히 일해야 하는데, 실은 어느 때보다 차분하게 일을 하고 있다. 여름 끝물에 허리 디스크를 진단받았기 때문이다. 어느 날 꼬리뼈 부근이 멍이 든 것처럼 아파 병원에 갔더니, 단골손님이기도 한 의사 선생님은 그렇게 진단을 내렸다. 진단을 받고 하루 이틀 정도 의기소침해지기도 했는데, 지금은 계절이 오는 것처럼 정해진 순서라고 생각하고 편한 마음으로 받아들이고 있다.

주방과 바를 이어지는 곳에 간이 철봉을 설치했

고, 손님이 없는 시간에는 틈틈이 스트레칭을 하면서 바른 자세를 유지하며 일을 하려고 애를 쓰고 있다. 며칠 그렇게 바르게 걷고 앉아 있으니 통증이 사라지는 듯해서 희망이 생긴다. 여름이 가고 가을이 찾아와서 장사할 맛이 나는 것처럼, 통증이 없어지면 뭔가 자신감 같은 것이 생긴다.

　가을이 되면 가게의 흐름이 눈에 띄게 차분해진다. 주가가 내려가고 집값이 떨어지고, 고용지표가 악화하면서 일어나는 거시적인 이유인지, 아니면 주변에 새로운 핫플레이스가 생겨서 혹은 나의 미묘한 표정 변화로 인한 미시적 이유인지는 알 수 없다. 조금은 두렵기도 하지만, 딱히 불만은 없다. 직원들에게 약속한 급여를 줄 수 있다면, 내가 돈을 조금 덜 쓰면 된다고 생각한다. 한가로운 시간을 이용해서 타인의 욕망을 욕망하기 위한 웹서핑을 하기보다, 책을 많이 읽으면 특별히 문제 될 것이 없다. 그런 기분도 해가 뜨면 사라지는 어둠처럼 계절이 흐르면 바뀌는 바람의 질감처럼 언젠가는 바뀐다는 것을 어렴풋이 알고 있다.

조금 쉬고 싶었던 며칠

가끔은 모든 것을 멈추고 싶을 때가 있다. 문득 그런 생각이 들었다. 이렇게 오랫동안 쓸고 닦았던 카페를 잠시 닫고 쉬는 시간을 가져보는 것은 어떨까, 이런 고민을 지난 며칠 몇 일 동안 했었다. 열대야가 시작되고 구름이 켜켜이 쌓이는 것을 보면서, 그 사이를 자유롭게 날아다니는 잠자리를 보면서, 그런 생각을 했었다. 그것은 아마도 밀란 쿤데라의 《참을 수 없는 존재의 가벼움》³에 나오는 추락에 대한 욕망과 비슷한 느낌이었다.

그 책에는 이런 내용이 적혀있다. "신분 상승을 원하는 자는 어느 시기에 느낄 수 있는 현기증을 감수해야 한다."라고. 현재를 유지하고 겨우 살아가는 우리도 가끔은 그런 생각에 사로잡힐 때가 있다. 이렇게 작은 카페를 운영하는데도 예외는 아니다. 그럴 때가 있다. 현실에 만족한다고 이야기하지만, 실제로는 은연 중에 나도 상승을 바라고 있기 때문에 그럴까. 이렇게 작고 견고한 울타리 안에 사는 것도 행복하지만, 가끔은 떨어지게 된다면 어떤 느낌일지 궁금하기도 하다. 매일 열었던 문이지만, 얼마간 닫는 것도 괜찮지 않을까. 어차피 다른 공간도 많으니까. 때때로 일상의 절벽 아래에서 들리는 듯한 공허한 목소리가 두렵기보다는 매력적으로 들린다. 한 번쯤은 떨어져 달라고 속삭인 다. 며칠 동안 그런 환청에 시달렸고, 나는 나의 허약함에 복종하고 그저 누워만 있고 싶었다.

며칠 동안 그런 생각에 빠졌던 이유가 매일 같은 산책로를 쳇바퀴 돌듯이 하는 내 삶이 서글퍼서 그랬던 것은 아니다. 갑작스럽게 오랫동안 함께해 온 직원 두 명이 비슷한 시기에 그만둔다고 이야기했을 때, 문득 그런 생각이 들기 시작했다. 새로운 사람을 찾는 것에 대한 부담이 컸던 것도 사실이다. 그것보다는 내가 믿고 의지했던 시선들이 곧 사라질 것이라는 사실을 알게 되니 느껴지는 허망함이 컸다. 그동안 두 사람이 나만큼 최선을 다해 주었기 때문에, 그 시선에 부끄러움이 없도록 나도 그렇게 살았다. 마치 자전거 바퀴가 하나의 페달로 움직이는 것이 아닌 것처럼 그렇게 같은 리듬으로 오래도록 카페를 운영했다. 그런데 그 소식을 들으니, 열심히 밟던 자전거의 페달이 갑자기 없어진 것처럼 몸이 기우뚱했다. 나의 일부분이 무너지는 느낌이 들었다.

그런 결정을 하기까지 나의 무심함도 한몫했을 것 같았다. 그렇게 마음이 떠나가도록 책이나 읽고 글만 쓰고 있었으니. 이 정도 월급으로는 평생직장으로 어림없다는 것을 알고 있었다. 언젠가는 떠나야 할 인연이라는 것도 알고 있었다. 나도 이 정도 벌기 때문에 이렇게 살아가므로, 그 일상의 고단함이 불확실한 미래가 충분히 예상되었다.

사랑하는 사람에게 조금 더 당당해지기 위해 나간다는 말을 듣고 나는 어떤 번듯한 말이 생각나지 않았다. 그저 어지러워서 눈을 감고 있을 수밖에 없었다. 붙잡으려고 이야기를 했지만, 결국 내가 수긍할 수밖에 없었다. 또 다른 한 사람에게는 내가 몰랐던 어려움이 있었다. 자세한 이야기는 할 수 없지만, 생각보다 짊어진 삶의 무게가 무거웠다. 그들의 이야기를 들었기 때문에 어느 정도 나의 짐이 되어 버렸다.

살아가면서 헤어짐은 어쩔 수 없는 일이다. 욕구도 만남처럼 어쩔 수 없는 일이지 싶다. 그것이 높은 곳을 향한 것이든, 추락을 향한 것이든. 삶은 혼자 사는 것이 아니다. 영역을 넓히고 관계를 맺을수록 일은 그렇게 된다. 한 사람을 사랑하게 되어 가정을 꾸리면, 반려자의 욕망을 감당해야 하는 것처럼 말이다. 작은 카페를 운영하더라도 혼자 일하지 않는 이상, 우리는 어느 정도 욕망의 공동체가 된다. 그렇게 운명의 공동체가 된다. 오래된 직원 중에서 한 사람은 떠나고, 한 사람은 남게 되었다. 보이지 않는 곳에 또 다른 시선이 생겼다고 생각하자. 그것이 내 다른 양심이라 믿자. 그렇게 믿기로 마음을 먹었다.

그래도 알게 되어 다행이라 생각한다. 한 사람의 아픔을, 한 사람의 결심을. 남은 시간 동안 조금 더 따뜻한 배웅을 하듯 일해야지. 보이지 않지만, 나를 살아가게 하는 무수한 시선을 떠올리며 마음을 추스른 나날이었다. 너무 높이 가려 애쓰지 않아야지. 멈추고 싶을 때, 우리를 바라보는 무수한 시선을 잊지 않는 사람이 되어야지. 그런 말들을 몇 번이고 되뇌었다.

2

분쇄

조금 다른 온도의 일상

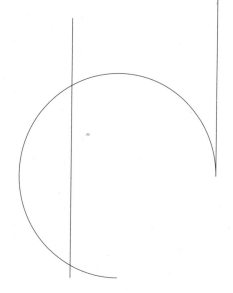

Y에게

먼저 고맙다는 말을 드리고 싶었어요. 이렇게 부족한 공간을 선택해 주어서 덕분에 길이 조금은 보이는 것 같았거든요. 저는 생각보다 사람을 사귀는 것을 어려워하는 편이에요. 정확히 서로가 누구인지 모르는 상황에서 짧은 순간 대화를 통해 판단하는 것은, 늘 부담이 되더라고요. 그저 몇 분 동안 면접을 보고, 별것 아닌 제가 반려를 하거나, 승인하는 것이 주제넘은 일이라 여겨지는 경우가 많았어요. 그래서 저녁 시간, 짧은 시간이긴 하지만, 카페의 구성원이었던 당신께서 오랜 시간 동안 일을 할 수 있다는 소식을 접했을 때, 하나의 작은 문제가 풀리는 느낌이었어요.

새로운 사람이 오게 되면 좋은 점이란 저도 초심을 떠올릴 수 있다는 것, 손님도 사뭇 달라진 분위기를 경험할 수 있다는 것, 습관이 되어 버린 행동이 없어서 모든 것을 딱 맞게 가르칠 수 있다는 것이 되겠지만, 그것도 시간이 지나면 허물어지기 쉬운 것들이라 없던 것으로 생각하면 되지 싶어요. 그대가 조심스러운 품성이라 들어서 오히려 다행이다 싶더군요. 그것은 그만큼 자기 객관화가 되는 사람이라는 뜻이고, 그렇다면 경솔하지 않을 것 같다는 생각이 들었어요. 아마도 당신을 통해서 우리가 배울 수 있는 것들이 많을 것 같다는 느낌이 들어요.

당신은 길거리의 이름 모를 작은 생명도 애틋하게 여기는 따뜻한 사람이라 모든 것이 괜찮지 않을까 싶어요. 길고양이라 생각하고 손님을 반겨 주셨으면 해요. 카페 벽면을 가득 메운 사진을 보거나 책꽃이에 붙은 이름 적힌 쿠폰을 보면 알겠지만, 사실 이 공간은 손님 덕분에 유지되는 곳이거든요. 누구도 오지 않는다면, 저도 뭔가 나눌 수 있는 것이 없게 되겠죠. 어쩌면 주는 급여는 제가 아니라 그들이 주는 것이라 여겨도 될 듯해요. 그래서 손님이 오면 진심으로 환대하고, 정성을 다해서 소통하길 바랍니다. 생각보다 환대한다는 것과 정확하게 소통하는 것은 어려운 일이거든요.

대개 사람은 어떤 말을 하고서도, 내가 어떤 말을

했는지 오해하는 경우가 많아요. 그래서 주문을 재확인하는 것도 그런 오해를 막기 위함이고, 내가 하는 행동을 다시 한번 자신의 입으로 말하는 것도 그런 의미예요. 이 공간에 바리스타로 있는 한 손님이든, 함께 일하는 동료든, 그들의 언어를 소중하게 여겨 줬으면 좋겠어요. 그래야 실수와 오해를 줄이고 서로 존중받고 있다는 느낌이 들 테니까요. 알겠다는 말보다는 무엇을 하겠다고 말하는 것이라 생각하면 되어요.

때때로 컴플레인이 들어오고, 무례하게 느껴지는 손님도 있거든요. 언제나 모든 손님을 환대하는 것은 어려운 일이죠. 상식을 넘는 무리한 요구를 하는 손님도 있고요. 나이 불문하고 하대를 하는듯한 손님도 있어요. 그러면 혼자 속상해하지 말고, 저에게 꼭 이야기해 주세요. 제가 맞장구를 쳐 주지는 못할 수도 있겠지만, 귀 기울여 듣고 상처받은 것보다 더 존중할 수 있는 파트너가 될게요.

저는 마음에 상처를 주는 손님이 있다면, 따뜻한 커피를 꼭 더 드리는 편이에요. 쾌적한 공간에서 따뜻한 것을 쥐고 있으면 마음이 그 온도를 따라간다고 읽었거든요. 실제로 커피 안에 들어 있는 카페인이 향정

신성 약물이기도 하고요. 해서 무심한 마음이 두근거리게끔 몇 잔의 커피를 더 드리는 편이에요. 그러면 대개 다음에는 더 따뜻한 관계로 이어지더라고요.

머신 앞에 섰을 때는, 믿음을 가졌으면 좋겠어요. 좋은 원두와 값비싼 우유를 사용하고, 제법 괜찮은 머신이기 때문에 기본에 충실하면 맛있는 커피가 나올 수밖에 없어요. 다만, 기본은 타협하지 않았으면 좋겠어요. 마른 포터 필터와 샷 글라스, 얼룩 없는 스푼, 보이지 않는 부분까지 청결한 컵, 앞뒤로 끈적이지 않는 트레이. 혼자 있거나 바쁠 때는 타협하고 싶어지지만, 그런 행동이 반복될수록 이 일은 귀한 직업이 아니라 언제든 그만두고 싶은 직업이 될 수도 있어요.

서빙할 때는 크레마가 꼭 선명했으면 좋겠어요. 생각보다 사람들은 그것에 민감한 편이거든요. 한꺼번에 많은 커피를 내려서 한 번에 서빙하는 것보다 나누어서 가져다주는 것이 더 진지한 바리스타의 자세라고 배웠어요. 가져다줄 때는 내려놓고 바로 오는 것보다는 간단한 설명을 곁들인다면 더 좋고요. 적어도 부족하다면 커피를 더 드린다는 말을 꼭 전했으면 해요. 이 세상은 그저 살아가기에도 근심이 생기는 법이고 그것을 해소하기 위해서는 몇 모금의 커피가 도움이 되는 경우가 있거든요.

조금씩 여유가 생긴다면, 종종 3인칭 시점으로 이 공간과 자신을 둘러봤으면 좋겠어요. 바의 전체적인 컨디션이라든지, 배치된 의자의 모양이라든지, 자신의 표정이라든지. 정돈된 이 공간 속에서 그 표정이 행복해 보였으면 좋겠어요. 마음마저 그러하면 더 감사하고요. 아마도 저는 매일의 날씨를 확인하듯 당신의 표정을 바라보지 않을까 싶어요. 동행하는 시간 동안 당신의 삶이 조금씩 더 나아지길 바랄게요. 앞으로 잘 부탁드립니다.

약간 거리 두기

처음 카페를 오픈할 때, 원래는 매장의 절반은 주거 공간으로 하는 것이 어떨까 싶기도 했었다. 공간을 뚝 잘라서 어느 쪽에는 방으로 들어가는 비밀 문을 만들 생각이었다. 문을 열고 들어가면 단칸방이 나오고 거기를 신혼집으로 삼을 생각이었다. 창업과 장가를 동시에 해결할 수 있지 않을까 싶었다. 아직 결혼하지 않은 상태였지만, 그 문 뒤에 아내와 아이가 있으면 일을 하다가 잠깐씩 보고 와도 되지 않을까 싶었다. 어릴 적 초등학교 앞에 있던 문방구도 비슷한 구조가 많았으니까. 그렇게 해 볼 요량으로 학교 주변에 있는 부동산을 찾아가기도 했고, 그 공간을 토대로 어설프게 도면을 그려 보기도 했다.

실제로 커피를 배우고, 다른 카페에서 경험을 쌓으면서 그 마음을 천천히 접게 되었다. 일해 보니, 바리스타는 조용하고 여유 있는 직업이라기보다 계속 분주하게 움직이는 육체노동자에 가까운 직업이었다. 창업하기 전 나는 바쁜 카페에서도 일했었고, 장사가 안 되는 카페에서도 일했었다. 정확하게 말하면 임금을 받고 일한 것이 아니라, 어느 정도의 돈을 지불하고 레시피를 배웠다.

어떤 곳은 곧 폐업할 예정이었기 때문에 집기 대부분을 인수하기로 약속하고 오랜 시간 동안 에스프레소를 내리고 마감도 같이했다. 버는 돈 없이 시간을 보냈지만, 그 속에서 배운 것이 있었다. 사장도 아니고, 손님도 직원도 아닌 상태로 카페에 머무는 것은 독특한 경험이었다. 어떤 다른 관점에서 양쪽 모두의 표정과 기분을 살필 기회였다고 해야 할까.

먼저 창원시의 번화가에 위치한 그 카페에서는 '바쁨이란 이런 것이다'를 경험할 수 있었다. 그곳에서는 고무장갑을 끼는 것이 오히려 손해였다. 대부분 내부가 촉촉이 젖어 있었기 때문이다. 핸드 드립을 하고 있는데, 손님이 들어오고, 과일을 손질하다가 마른 손을 닦고 서빙을 하러 가야 하는 상황이 빈번했다. 처음에는 스팀을 치는 것이 큰 부담이었지만, 워낙 흐름이 바쁘다 보니 어느새 제법 익숙한 일이 되었다.

러시 타임에 연이어서 주문을 해결하는 것도 어려운 일이었다. 주문을 받고 있는데, 뒤에서는 기다리는 손님이 손목시계를 보면서 걱정스러운 표정을 짓곤 했다. 주문을 받는 직원도 표정이 썩 환대하는 듯한 느낌은 아니었다. 정오 이후에 두세 시간 동안은 한순간에 매장이 가득 차게 되는 일이 빈번했다. 그런 상황에서 조바심이 들면 어김없이 실수가 생겼다. 레몬을 커팅하다가 칼을 거꾸로 잡아서 손바닥을 다치는 직원도 있었다. 나도 맨손으로 설거지를 하다가 잔을 몇 번 깨기도 했다. 기다리는 손님이 생길수록 마음속으로 '잔잔해지자'라고 말하는 버릇이 그 시절을 통해서 자연스럽게 생겼다.

서두르다 일거리를 늘리는 것보다는 손님을 바라보며 조금 기다려야 한다고 차분하게 양해를 구하는 것이 더 현명한 방법이었다. 또한 기억력을 믿기 보다는 차례대로 주문서를 붙여 놓는 것이 중요했다. 순서가 바뀌거나 메뉴가 바뀌는 것은 큰 실수에 속했다. 순서와 메뉴만 확실하다면, 하나하나 풀어 가면 되었다. 모래시계의 잘록한 부분으로 결국 모든 모래알이 지나갈 수 있으니, 그처럼 음료를 만들면 되었다. 손님에게 안내만 충분히 된다면 오히려 기다리는 것은 어떤 맛집의 숙명이라고 여기는 듯했다.

그럼에도 기다린 분에게는 마음을 표현하는 디테일이 필요했다. 하지만 바쁜 매장에서 이루어지는 상호작용은 매뉴얼로 규정하기 어려운 것이 많았다. 순간의 대화를 주고받는 것은 결국 바리스타이고, 소통은 레시피가 있는 것이 아니었다. 상대를 배려하는 진심은 명령으로 공유할 수 있는 영역이 아니었다.

바로 옆에서 일하는 직원을 보면서, 바쁜 상황에서 밝은 표정을 짓는 것이 얼마나 어려운 일인지 직접 경험할 수 있었다. 손님이 들어오기 때문에 못내 주문을 받는 것이 아니라, 매 턴마다 '진짜' 대화를 하는 것이 필요했다. 그것을 보면서 바쁜 매장이 된다면, 응당 월급을 더 주는 것이 합리적이라 여겼다. 바쁠 때와 한가할 때가 보상이 같다면, 그런 진심 어린 응대는 어렵지 않을까 싶었다.

한번은 지금의 아내가 그 바쁜 매장에 온 적이 있었다. 나는 그녀가 같은 공간에 있어서, 직접 내린 커피를 줄 수 있어서 기뻤다. 그런데도 신경이 분산되어서 그녀가 머무는 동안 평소와 달리 힘들었던 기억이 있다. 큰 실수를 한 것은 아니지만, 전반적으로 버퍼링이 되는 것처럼 버벅거린다고 해야 할까. 본의 아니게 신경이 나누어져서 집중되지 않았다. 그만큼 바쁜 매장을 전반적으로 총괄한다는 것은 여러모로 큰 에너지가 소모되는 일이었다.

한가한 매장에서 일을 배울 때는 감히 여자친구를 부르지 못했다. 사장의 눈치가 보였기 때문일까. 폐업이 예정되어서인지 매장에는 손님이 아주 뜸하게 찾아왔다. 저녁부터 마감까지 다섯 시간 정도 있었는데, 보통 한두 팀이 전부였다. 그때는 레시피를 배우거나 바 안에서 책을 읽으며 시간을 보냈다. 많다고 생각했던 레시피도 며칠 만에 금세 배워서 대부분 시간을 창밖을 멀뚱히 바라보고 있었다. 몇 년 동안 카페의 흥망성쇠를 경험했던 사장은 의연해 보였지만, 나는 복잡한 마음이 들었다. 몇 달 뒤에는 이곳에 다른 식당이 들어선다고 했다.

마감하기 한두 시간 즈음이면 사장의 아내가 찾아오곤 했다. 그녀는 눈인사만 주고받은 뒤, 주문 없이 구석 테이블에 앉아서 무언가를 하곤 했다. 손뜨개를 하거나 책을 읽거나 아니면 노트북으로 어떤 일을 하는 것처럼 보였다. 다른 손님이 올 것에 대비해서 서로 말을 섞지는 않았지만, 제삼자로서 느껴지는 미묘한 기류가 있었다. 그것이 편하게만 느껴지지는 않았다. 사적인 것과 공적인 것은 어느 정도 분리가 되는 것이 좋겠다고 생각했다.

그 후 반년 뒤에 창업했다. 약속대로 폐업한 카페에서 집기류를 인수했고, 카페 이름을 '(정애가) 좋아서 하는 카페'로 정했다. 일터에는 아내가 오지 않는 것으로 합의했다. 배경에는 그런 경험이 있었다. 바쁘면 신경을 못 쓰기 때문에, 한가하면 괜한 걱정을 할까 봐 염려되었다. 두 딸이 카페에 온 적도 열 손가락 안에 꼽힌다. 가족이 오면 아무래도 신경을 쓰지 못하기 때문에 미안한 마음이 든다.

원래는 카페 안에 딸린 문을 열면 집이 있기를 바랐지만, 실제로 문과 문 사이에는 약간의 거리가 생겼다. 집으로 돌아오면서 차 안에서 아빠의 가면을 쓰고, 반대로 카페를 향하며 바리스타의 가면을 쓴다. 덕분에 서로 다른 공간에서 각각의 역할을 나름대로 수행하고 있다. 최근에는 시대에 흐름이 있다는 것을 몸소

느낀다. 찌는 듯한 무더위도 한몫한다. 한적한 산책로
를 바라보고 있으면, 약간은 두려운 생각이 들기도 했
다. 그럴 때마다 마음속으로 '잔잔해지자'라고 말한다.
나름의 효과가 있다. 카페의 흐름은 조금 바쁘거나 아
주 조용하거나 사이를 왔다 갔다 한다. 기분도 그 흐름
을 따라간다. 다만 바짝 붙지 않으려고 계속 애를 쓴
다. 모래알은 결국 좁고 잘록한 이 공간을 지나는 법,
이 시간이나 앞으로의 작은 문제들도 그렇게 되리라
믿는다.

어느 여름방학의 루틴

유독 무더웠던 그 여름의 끝자락에는 구름 구경을 많이 했다. 대개 봉긋한 모양이었다. 카페 거리는 한산했다. 종종 손님이 찾아오면 잠시 커피를 내렸다. 여유가 생겨서 다시 밖으로 나오면 또 다른 뭉게구름이 떠다니곤 했다. 한적한 시간에는 매미의 울음소리인지 나무의 울음소리인지 모를 계절의 소음을 들으면서 그 아래의 그늘을 서성였다. 줄어든 하천의 흐름을 보는 것도 괜찮다. 그렇게 시간을 흘려보냈다. 세상사와 무관한 것, 먹고사는 것과 관계없는 것을 바라보면 어느 정도 기분을 유지할 수 있었다.

무엇보다 루틴을 지키는 것이 중요했다. 시원한 우유에 미숫가루를 타서 아침을 먹고, 매일 세 잔의 도피오를 마시고, 가사가 없는 잔잔한 음악을 틀어 놓고 손님을 기다렸다. 책도 매일 몇 페이지씩 읽었다. 책장이 잘 넘어가지 않으면, 어떤 글이든 썼다가 지웠다. 대부분 결국 빈 화면이 되었지만, 그래도 뉴스를 보고 새로운 걱정을 더하는 것보다는 그것이 괜찮은 느낌이었다. 그러다 휴가철에 아무 곳에도 가지 못한 사실이 생각나서 아내에게 괜히 전화를 걸곤 했다. 오늘은 아이들과 어떤 하루를 보내고 있는지, 시원하게 지내고 있는지 안부를 물었다.

여름방학은 성수기일 것 같지만, 비수기였다. 사람들은 익숙한 동네를 떠나 어디론가 떠나는 듯했다. 처음에는 카페 영업시간을 줄이는 문제에 대해 잠깐 고민하기도 했지만, 결국은 모든 것을 기존과 같은 방식으로 운영하기로 했다. 무엇보다 직원의 삶도 중요하고, 어쩌면 우리가 내리는 커피 한 잔이 누군가에는 꼭 필요한 루틴이라는 믿음이 있기 때문이다. 아니나 다를까, 아침 시간에는 흐름이 있었다.

휴가 없이 일하는 듯한 손님이 들러 주었고, 잠깐 걷는 것이 유일한 낙인 손님들이 잠시 쉬기 위해 들러 주었다. 그 외에도 이 공간을 사랑방처럼 여기는 몇몇 손님들이 안부를 묻기 위해 작은 선물을 사 들고 방문했다. 이승희의 산문집, 수제 청, 견과류가 많이 들어 있어서 아메리카노와 잘 어우러지는 빵, 작은 편지와 동봉된 인센트 스틱을 받았다. 짧은 시간 이렇게 많은 선물을 받는 것은 처음 있는 일이었다. 우리는 평소처럼 커피를 내렸고 특별히 보답할 방법은 없었다. 그러니 조금 더 마음을 담아서 인사하는 것이었다. 말만 그렇게 하는 것이 아니라 정말 감사하는 것, 그들의 안녕을 진심으로 바라는 것이 우리가 할 수 있는 일이었다. 그들의 일상을 구성하는 절차에 우리 카페를 빼놓지 않은 덕분에 이 자리를 지킬 수 있었다.

다만 퇴근해서 집으로 왔을 때는 면이 서지 않았는데, 그것은 가지고 오는 돈이 눈에 띄게 줄어서이기도 하고, 심심해하는 두 딸 때문이었다. 온종일 집안에서 아이들을 돌본 아내에게 미안한 마음이 들었다. 저녁이 되면 초등학교 이 학년인 큰딸은 방학 숙제로 매일 일기를 쓰는데, 쓸 때마다 무엇을 써야 할지 고민하곤 했다. "아빠, 오늘은 뭐 쓰지?"라고 물어보는 모습이 어릴 적 내 모습과 비슷했다. 그래도 씩씩하게 오늘의 날씨를 적고 하루의 일들을 꾸역꾸역 써 내려가는 모습이 대견했다. 곁눈으로 보니 어떤 날은 아내와 카레를 만들기도 하고, 또 어떤 날은 거실에서 분무기로 물총 놀이를 했던 모양이었다. 대개 그날 먹은 음식에 대한 품평이 많았다. 아이의 표현을 빌리자면, 닭고기를 우걱우걱 먹었다는 이야기, 국수를 호로록, 된장은 꿀꺽꿀꺽했다는 일상이 적혀 있었다. 작은딸은 방학 동안 가지고 싶은 장난감이 부쩍 늘었는데, 유튜브 때문이지 싶었다.

주말은 그래도 마음이 편했다. 주말에는 저녁을 먹은 뒤 밤늦게까지 두 딸과 놀이터에서 놀았다. 텅 빈 놀이터에서 마음껏 술래잡기도 하고, 한 마리도 잡지 못했지만, 매미를 찾아서 수풀을 한참 뒤집고 다녔다. 마른번개가 치는 드높은 구름을 보기도 했다. 큰딸은 일기 쓸거리가 생겼다면서 한참을 좋아했다.

그날 밤에는 아이를 욕조에 들여보내고 손님에게 선물 받은 인센스를 태웠다. 얇은 스틱이 천천히 타들어 가면서 낯선 향이 은은하게 퍼졌다. 어느 순간 거실의 꿉꿉한 공기가 가벼워지는 듯했고, 무더웠던 계절이 잠시나마 물러나는 느낌이 들었다. 이렇게 여름이 조금씩 알게 모르게 물러가고 있구나 싶은 생각이 들었다. 아이들이 나를 찾을 때까지 그런 기대를 하며 식탁 한편에 앉아 있었다.

한때는 회식을 좋아했던

오픈 멤버 C는 커피 학원에서 만난 인연이었다. 수강생 중에서 몇 안 되는 비슷한 또래였다. 나를 형님이라고 불렀고 우리는 금세 친해졌다. 그의 오래된 체어맨을 타고 몇 번인가 카페 투어를 가기도 했었다. 심장이 두근거릴 정도로 몇 잔의 커피를 마시던 어느 날 그에게 함께 할 것을 제안했고, 그는 기꺼이 고개를 끄덕였다. 그렇게 같이 카페를 시작하게 되었다.

씩씩하고 든든한 캐릭터였다. 알고 보니 그는 중학교 시절 역도 선수 생활을 하고, 고등학교 때는 전문적으로 복싱도 했었다. 어쩐지 등이 넓다 싶었다. 멋스럽게 수염도 길러서 전반적으로 남성미가 넘쳤다. 해서 카페 창업을 알리는 현수막에는 두 남자가 운영한다고 홍보했다. 십 년 전 일이었다.

그해, 이 거리에는 배우 강동원의 누나가 운영하

는 카페가 있었지만, 내부 사정으로 잠시 휴업 중이었다. 다른 건물은 공터이거나, 짓고 있거나, 공실이었다. 인근에 카페가 이곳밖에 없었기 때문에 손님이 제법 많았다. C의 아우라도 한몫했다. 소위 말하는 '오픈빨'이 있었다고 해야 할까. 매장이 가득 차고, 테이크아웃 손님이 계속 이어졌다. 거리의 풍경을 독점하던 그때는 잠시나마 먹고살 걱정을 하지 않았다.

손님들이 제법 몰리며 관계에서 발생하는 스트레스에 꽤 힘이 들었던 것으로 기억한다. 나도 몇몇 카페에서 잠시 경험을 쌓았지만, 그렇게 긴 시간 동안 사람들에게 노출된 것은 처음이었다. 그것은 인기 많았던 바리스타 C도 마찬가지였다. 커피 애호가였지만, 사람 애호가는 아니기 때문이었다. 커피를 만들거나 청소를 하거나 설거지를 하는 것은 둘 다 제법 해냈지만, 사람으로부터 받은 상처를 어떻게 해야 할지 몰랐다. 우리는 대개 회식을 통해서 그런 것들을 풀려고 했다. 일을 마치고 C와 함께 시내의 술집에 가거나, 아니면 노래방에서, 모든 불이 꺼진 카페테라스에서 술을 마시곤 했다. 그때 어떤 말을 했는지 선명하게 떠오르지 않지만, 그날 있었던 일을 안주 삼아 자정까지 술잔을 기

울였다. 그렇게 잔을 비우면서 힘든 마음을 비우려고
했다.

함께 고민을 나눴던 만큼, 우리는 때때로 친구처
럼 가까운 사이가 된 것 같기도 했었다. 어깨동무하고
밤거리를 걸어 다녔으니까. 하지만 돌이켜 생각해 보
면 그것이 썩 좋은 방법은 아니었던 것 같다. 그는 곧
일을 그만두었고, 다른 카페로 일터를 옮겼다. 그가 일
찍 카페를 그만둔 것을 보면 나는 썩 현명한 사장은
아니었던 것이다. 술에 취해서 고민을 토로하는 사장
이라니.

그 이후에도 M이 있었고, J가 있었다. 직원이 바
뀌는 동안 시간은 흘렀고, 건물은 완공되고 공실은 없
어지고 카페가 들어섰다. 파운 제이, 마벨, 두원, 미카,
풀지 않은 선물이 생겼다. 카페의 매출은 오르락내리
락했고, 어느새 회식은 하지 않게 되었다. 바뀌는 직원
을 보면서 하고 싶었던 일도 어느 순간부터는 해야 하
는 일처럼 느껴졌다. 그 균열의 시작은 어떻게 보면 나
의 말이 아닐까 싶었다.

손님이 많았던 시절은 어느새 지난 시절이 되었
다. 찾아와 준 것에 고맙다고 생각하면, 약간의 선만

지킨다면 상처를 받을 일도 거의 없어졌다. 늘 오는 손님들은 커피 한 잔을 마시면서 자신의 삶도 응원하지만, 어쩌면 우리의 삶도 응원하기 위해서 오는 것 같다는 느낌이 든다. 들어오는 이들이 따뜻한 마음을 가지고 오기 때문에 나만 따뜻하면 되는 일이다.

오랜만에 새로운 식구를 맞이하기 위해 면접을 보고 있다. 그래서 그런지 평소보다 말을 많이 하는 내가 느껴진다. 그럴 때마다 말을 줄여야지 되뇌인다. 내가 뭐라고 그들을 선택할 수 있을까. 많은 사람을 만나지 않을 생각이다. 경력이 없어도 좋다. 그저 자신의 이야기를 담담하게 말해 주는 사람과 함께 일할 생각이다. 그 정도면 차고 넘치지 않을까. 나는 잘 들어주는 사람이 되어야지. 서로에게 상처가 되지 않고, 보듬어 줄 수 있길 바란다. 그것으로 충분할 것이라고 생각한다.

이루어지길

얼마 전에 서울에서 살아가는 청년이 카페에 찾아왔었다. 그의 이름은 영탁, 소설가 지망생이다. 우리는 줌(ZOOM)에서 몇 차례 합평회를 했기 때문에 어떻게 보면 동문이었다. 각자의 글을 밑줄 그어 가며 보았기 때문에 조금씩 드러낸 속마음을 아는 사이라고 해야 할까. 합평회가 마무리된 것은 오래전 일이었지만, 익숙한 눈빛이었고 친구를 만난 것처럼 반가웠다.

그날은 마침 손님도 적어서 우리는 같은 자리에 앉아서 제법 많은 이야기를 나누었다. 많은 이야기를 주고받았지만, 글을 쓰는 사람이 만나서 나누는 말은 대개 푸념이었다. 글이 잘 안 써진다. 소재가 없다. 빈 종이 앞에서 막막하다. 이런 이야기를 주고받았다. 허공에 흩어져 사라질 연기 같은 말이지만, 나만 그렇지 않다는 것을 확인받고 싶은 듯 그런 말을 주고받았다.

나는 가끔 술과 담배에 기대어 글을 쓴다고 말했다.

곰곰이 생각해 보면 운동과 책이 더 도움이 되는 것 같았다. 운동은 하지 않으면 통증이 생기기 때문에 하는 편이다. 오래 앉아 있어야 글이 길게 나아가기 때문에 필요한 체력을 키운다고 해야 할까. 누워서 글을 쓸 수는 없으니 말이다. 주로 걷거나 무거운 것을 들거나 한다. 영탁도 가지런한 몸을 보니 운동을 하는 것 같았다.

책은 연료라고 해야 할까, 재료라고 해야 할까, 자극이라고 해야 할까. 나의 낡은 백팩에는 늘 책이 들어 있다. 그는 어떤지 물어보았다. 그에게도 책이 중요한 부분이었다. 다만 근래에 너무 많은 책을 읽어서 그런지 진도가 잘 나가지 않는다고 말했다. 책장 한쪽에는 읽어야 할 목록이 붙어 있고, 탑처럼 쌓여 있는 책들이 보이는 것 같았다. 그렇게 읽고도 타지를 돌아다니면서 글감을 찾는 그는 간절하게 길을 찾는 사람처럼 보였다. 그런 예술가 지망생에게 밥 한 끼 못 사 주는 상황이 미안해서, 카페 옆 서점에 들러서 책 한 권을 선물했다.

그와 작별하고 생각해 보니, 나도 한때는 책을 쌓

아 놓고 읽었던 적이 있었다. 입대 전 휴학하던 기간이었다. 정말 무수한 책들을 읽었는데, 의무는 없었고 곧 사라지게 될 자유라서 그랬던 것 같다. 아직 읽지 않은 책이 많았고 시간은 한정되어 있었으므로 허겁지겁 문장을 탐했다. 어쩌면 누군가에게 나도 이런 책들을 읽었다고 떳떳하게 말하고 싶었던 것 같기도 하다.

이런저런 오래된 책들을 빌려서 읽었던 시절이었다. 이런 독법에 브레이크를 걸었던 것은 《상실의 시대》[4]의 한 구절 때문이었다. 그 소설의 등장인물 나가사와는 주인공에게 《위대한 개츠비》[5]를 세 번 읽었다면 나와 친구가 될 자격이 있다고 말한다. 속으로 과연 그럴까 싶기도 했지만, 한편으로는 그 책을 세 번 읽는다면 어떤 느낌일지 궁금했다. 휴가를 나왔다가, 귀대하면서 《위대한 개츠비》를 챙겨 들어갔다.

한 권의 책을 이어서 여러 번 보는 것은 나에게 처음 있는 일이었다. 리스트를 따라 여러 책을 두루 읽는 것은 정해진 일정으로 여러 도시를 순방하는 느낌이라면, 한 권의 책을 여러 번 읽는 것은 한 도시에 여러 밤을 보내는 것과 비슷했다. 새로운 풍경에 압도되어 두리번거리거나, 그 마음을 들키지 않기 위해 '여행이란 별거 아니군' 하며 너스레를 피우는 것이 아니라, 마치 그곳에 새롭게 이사 온 주민처럼 그 도시를 차근 차근 알아 가는 느낌이라고 해야 할까.

두 번째 볼 때는 놓친 부분이 많다는 것을 알게 해 줬다. 세 번째 볼 때는 그전에 밑줄 그은 문장이 그 렇게 빛나 보이지 않았다. 도리어 아무런 흔적이 없는 문장이 더 큰 감명을 주는 경우도 있었다. 그 이후로 어떤 책이든 한 번만 보는 경우는 거의 없었는데, 덕분 에 나는 책을 빌리는 것보다는 사서 읽는 것을 선호하 게 되었다. 읽은 책의 권수보다 적은 책이라도 온전하 게 읽는 것이 중요하다는 것을 배웠다.

영화 〈어바웃 타임〉에서도 비슷한 내용이 나온 다. 주인공의 부친도 시간을 되돌리는 능력을 이용하 여 세상 모든 책을 두 번씩 읽고, 디킨스는 세 번씩 읽 었다는 내용이 나온다. 카페에서 일하면서, 혹은 놀이 터에서 아이들을 돌보며 책을 읽는 나에게는 역시나 이런 방식의 독서가 유용하다. 나의 독해력이 그렇게 훌륭한 편이 아니라서 그런 것 같기도 하다. 적어도 나 에게는 어떤 책이든 여러 번 읽을수록 생각의 길이 조 금씩 뚫린다.

그 사이로 바람도 통하고, 그 작가의 영향을 받은 신선한 문장들이 민들레 홀씨처럼 이리저리 날아다닌다. 나는 그것이 손에 닿는다면 조심스럽게 잡아 구석에 심고 물을 주고, 정성을 다한다. 그렇게 된다면 뭔가 이루어질 것 같아서 어두운 빈방에서 웃는다. 우리에게 온전히 타인에게 보여 줄 수 있는 글이 꿈 아니겠는가. 작은 방에서 책과 책 사이를, 생각과 생각 사이를 헤매며 머리를 긁적이거나 코를 만지는 영탁의 모습이 눈에 보인다. 움츠려 앉아 자신의 세계를 발산하려는 그의 등이 팽팽하다. 손에 땀이 배고 이따금 한쪽 어깨가 꿈틀거린다. 그럴 때마다 어쩐지 조금씩 자라나는 문장이 보이는 것도 같다.

Y에게 2

짧지만 교단에 섰던 적이 있다. 누구보다 교사가 되고 싶었고, 몇 번의 임용 시험에 떨어진 뒤 교직 경력이 없는 나에게 어렵사리 주어진 기회였다. 학생들은 내가 기간제 교사라는 걸 알았을 것이다. 칠판을 등지고 서 있으면 종종 어지러운 기분이 들었으니까. 그럴 때마다 나는 잠시 눈을 감고 미간을 누르며 할 수 있다고 되뇌곤 했다.

〈죽은 시인의 사회〉의 키팅도 비정규직 교사였다는 사실이 위로가 되었다. 물론 영화이기는 하지만, 나도 그렇게 약간의 영감을 주는 존재가 될 수 있다는 믿음이 있었다. 나는 나름의 방식으로 그 순간에 있으려고 애를 썼다. 수업 시간이 중반을 넘어가고 아이들의 눈빛이 흐릿해질 때마다, 내가 가르치는 교과 대신 다른 교과의 문제집을 꺼내 태연하게 보는 모습을 볼 때마다, 교과서를 덮고 이런저런 이야기를 하곤 했다.

제일 많이 했던 말은 나의 형편을 빗대서 한 말이었다. 지금 이 시간에 해야만 하는 일을 열심히 하면 나중에 좋아하는 일을 하면서 살 수 있다고 말을 하곤 했다. 이를테면 공부가 쉬운 길이니 학생들에게 정해진 학업에 정진할 것을 강권했다. 그렇게 하지 않으면 나중에 나처럼 하고 싶은 일을 하는 것이 어렵게 될 수 있으니까, 조금만 더 힘을 내서 정해진 길을 함께 걸어가자는 뜻이었다. 이런 말을 들으면서 눈빛을 반짝이는 고마운 학생들이 있었다.

돌이켜보면 최선의 조언은 아니었다. 그런데도 주어진 환경에서 선언할 수 있는 차선은 그것밖에 떠오르지 않던 시절이었다. 그 시절 나는 새벽 네 시에 일어나 임용시험 공부를 하다가 아침을 서둘러 먹고 출근하곤 했다. 목표를 정하고 노력하면 무엇이든 될 수 있다고 믿는 것, 지금은 이 정도밖에 되지 않지만, 언젠가는 그렇게 될 수 있다고 믿는 것이 무엇보다 중요한 시절이었다. 또 다른 조언은 사이먼 시넥의 테드(TED) 강연[6]을 조금 변형시켜서 한 말이었다. 공부의 결과(What)인 대학교 이름이나 등수를 중심에 두고 살아가게 되면 뜬금없이 생의 한 가운데에서, 어쩌면 생의 끝에 가서 그 이유(Why)를 고독하게 고민할 수 있으니, 미리 왜 공부를 하는지, 왜 이런 태도를 가지고 살아가야 하는지에 대해서도 고민해 보라고 말하곤 했다. 고민 끝에 찾은 'Why'가 자신에게 납득이 된다면 그것은 오래가는 동력이 될 수 있고, 결국 만족할 수 있는 'What'으로 이끌어 줄 것이라고 말이다.

요즘은 유독 그토록 어설픈 격언을 뿌리고 다녔던 시절이 떠오르는데, 그것은 아마도 함께 일하는 Y가 그 시절 제자와 비슷한 또래이기 때문인가 싶다. 대학교 입학을 준비하며 일하는 Y. 아직 서투르지만, 아끼던 옛 제자처럼 반짝이는 눈빛으로 매 순간 정성을 다하는, 바삐 움직이는 그녀의 손등을 보면서 그녀도 누군가에게 이런 이야기를 들었겠거니 생각하곤 한다. 한 시대의 유행가처럼 그런 격언들이 세상 곳곳에 피어나곤 했으니까. 그녀는 '카르페디엠' 하려고 노력하는 사람이다.

그것을 알고 있기 때문에 Y에게는 조언을 삼가고 있다. 이미 다 알고 있는 사람이고, 조금씩 행하려는 사람이라는 것을 알고 있으니까. 다만 잘한 것을 찾아, 잘한다는 칭찬을 할 뿐이다. 조금은 느리지만 고맙다는 말을 누구보다 성실히 하는 그녀가 나는 도리어 고맙다. 그녀와 일을 하는 날은 꿋꿋하게 성장하려는 의지가 느껴져서 숙연한 마음이 들기도 한다. 그녀가 되도록 오래 이 공간에 머물렀으면 좋겠다는 욕심이 생긴다. 그러나 그런 생각은 애써 지우려고 애를 쓴다. 과욕이니까. 다만 이 공간에서 커피를 내리며 그녀가 삶의 'Why'를 찾길 바란다. 언제가 될지 모르겠지만 훗날 Y가 카페를 그만두겠다고 선언할 때, 그 이유가 자신을 감동하게 할 만한 것이었으면 좋겠다. 그리고 나는 아쉬운 마음보다 그것을 압도하는 뿌듯함으로 그녀를 배웅하는 존재가 되었으면 한다.

랑이

얼마 전 SNS에서 아기 길고양이를 보호하고 있는데, 키워 줄 사람을 찾는다는 글을 보았다. 자꾸 눈길이 가서 사진을 오래도록 보고 있었다. 계속 보고 있으니 흐뭇하고 괜스레 기분이 좋았다. 다른 게시물을 보다가, 다시 그 글을 찾아서 몇 번이고 읽었다. 그렇게 마음속에 작은 씨앗이 심어진 듯하다. 그날 밤 오랜만에 꿈을 꾸었다.

낯선 단칸방에서 아기 고양이와 함께 노는 꿈이었다. 열린 창이 있는 작은 방 밖으로는 버드나무 잎이 하늘거리고 있었으니, 아마도 봄이고 냇가의 어느 시골집이 아니었을까 싶다. 우리는 작은 공 하나를 가지고 제법 오래도록 놀았다. 이런 기분은 참 오랜만이구나 싶을 때, 어느 순간 아기 고양이가 방 모서리로 움츠러들 듯 달려가더니 그대로 미지의 공간으로 스며들어 버리는 꿈이었다. 잠에서 깨었을 때 마음속에 있던 무엇이 꿈틀거리는 느낌이 들었다.

그날도 새벽 일찍 카페로 출근해서 평소처럼 일을 시작했다. 테라스 문을 열어서 환기하고, 미숫가루를 마시고, 또 에스프레소를 네 잔 정도 마셨다. 그리고 앉아서 책을 읽으며 기다렸다. 그날은 유독 손님이 오지 않아서 메모장에 글을 쓰기 시작했다. 고양이를 키울 때의 장단점을 적어 보았다. 전자보다 후자가 많았다. '귀엽다, 위로된다, 보드랍다'보다 '밥을 줘야 한다, 놀아줘야 한다, 털이 날린다, 똥을 치워야 한다'가 더 무거운 느낌이었다.

이런 생각에 밑줄을 긋고 있는데, 조금씩 기다렸던 단골손님이 오기 시작했다. 꾸준히 와 주시기 때문에 나를 살아가게 하고, 직원과 동행할 수 있게 해 주는 고마운 분들이다. 그래서 무척 고마운 존재인데 그분들은 이 마음을 아는지 모르겠다. 내가 밖으로 티를 내지 않기 때문에 아마도 모를 것이리라. 특별히 좋아하는 손님이 있지만, 그분만 우대한다면 다른 손님에게 실례가 될 것 같아 숨긴다. 다만, 빚진 마음이 있다는 것을 꼭 밝히고 싶다.

처음 카페를 운영했을 때는 나에게 친절의 총량이 있었다. 그것은 마치 에너지 불변의 법칙처럼 나에게 친절 배터리가 존재하고, 하루에 베풀 수 있는 따뜻한 마음이 한정되는 느낌이었다. 손님이 적은 날은 괜찮았으나, 손님이 많았던 날은 방전되는 느낌이 들었다. 하지만 같은 손님을 반복적으로 보게 되고, 그들이 단골이 되자 또 다른 영역이 생기는 기분이었다. 마치 예전 단골이었던 네트워크 마케팅 대표가 했던 말처럼 말이다.

그는 망해 가는 듯한 카페에 앉아 있는 나를 쉬지 않고 찾아와 이런 식의 말을 하곤 했다. 정 사장, 이 종이에 동그라미를 그려보겠나. 나는 A4용지에 소심하게 동그라미를 그렸다. 그러면 이 동그라미가 세상에 존재하는 지식이라고 생각했을 때, 정 사장이 알고 있는 지식은 몇 퍼센트라고 생각하지? 나는 동그라미의 10% 정도를 또 소심하게 칠했다. 그는 반짝이는 눈빛으로 동그라미 밖의 영역에 빗금을 치기 시작했다. 여기는 뭐냐면 정 사장이 지금껏 존재했는지도 인식조차 하지 못했던 지식이야. 이를테면 내가 하는 사업 말이지. 한번 들어보겠나? 나는 오랜만에 소름이 돋았다.

실로 오랜만에 느껴보는 기분이었다. 그다음은 파이프 라인에 대해 이야기하기 시작했다.

만약 장사가 계속 되지 않고, 그 대표의 이야기만 들었다면 나는 그 길로 프로컨슈머가 되었을지도 모른다. 하지만 손님들이 찾아왔고, 어느 순간 단골이 되었다. 그들은 다른 이야기를 들려주었다. 슬픈 일들, 기쁜 일들을 이야기해 주었다. 이사를 하게 되었다든지, 군대에 가게 되었다든지, 취직했다든지, 이별했다든지, 그런 이야기를 들려주었다. 그들 덕에 나의 세상은 조금씩 넓어졌고, 친절의 총량도 조금씩 늘어났다.

설거지를 하며 문득 그런 생각이 들었다. 얼룩을 지우면서 괜한 염려가 지워진 탓에 그렇다고 생각한다. 나는 급하게 고무장갑을 벗고, 아기 고양이를 키우면 발생하는 단점을 까맣게 덧칠했다. 그렇게 나는 집사가 되기로 결심했다.

아내는 새끼 고양이를 기꺼이 거두고 싶어 했다. 서재 한편에 스크래치와 화장실과 숨숨집을 만들어 주었다. 그 녀석은 지금 이 순간 담요에 둘러싸인 채 잠들어 있다. 아직 녀석의 세상은 이 작은 방이 전부다. 언젠가 가느다란 털을 날리며 거실이며 주방이며 큰방을 누빌 것을 기대한다.

　이름은 랑이, 사랑에서 사를 뺐다. 나는 수고롭겠지만, 밥을 주고, 똥을 치우고, 놀아 줄 생각이다. 그런 반복 속에서 아마도 나의 세상은 조금 더 넓어지지 않을까 한다.

　내가 조금 더 깔끔한 바리스타가 된다면 그것은 나에게 붙어 있을 털을 끊임없이 떼어 내기 때문이다. 내가 조금 더 친절한 바리스타가 된다면 그것은 랑이가 나에게 선물해 준 아량 때문일 것이다. 다행스럽게 모서리에 웅크리고 있어도 사라지지 않는 작은 생명이 고맙다. 그 고마움이라는 작은 새싹을 잘 보살펴야지, 그렇게 더 잘 살아가야지, 다짐한다.

우유가 들어간 커피

어, 하는 사이에 나뭇잎이 제법 떨어져 버렸다. 늘 시간은 내 마음과는 아무런 관계없이 흐른다. 왜 이렇게 느린가 싶기도 하다가 어느 순간 훌쩍 떠나가 버린다. 이런 감각은 좀처럼 익숙해지지 않는 것이어서 벌써 수십 번의 순환을 보고 있지만, 결국은 새삼스럽게 된다. 그것이 계절의 순환이 아닐까 생각한다.

아침 공기가 서늘해져서 그런지, 우유가 들어간 커피를 찾는 사람들이 늘었다. 긴 여운을 가진 에스프레소와 우유의 고소함은 원래부터 누군가 그렇게 계획을 세웠던 것처럼 잘 어울린다. 진득한 크레마 위에 올라간 거품은 가을 하늘의 구름을 닮았다. 텅 빈 하늘은 파랗고, 크레마는 전혀 다른 색감이긴 하지만, 자연스럽게 구름이 연상된다. 우유 거품이 주는 포근한 마우스 필이 그것과 연결되기 때문일까. 따뜻하고 부드러운 그 느낌이 손님을 사로잡는 것 같다.

우유가 들어간 커피는 대표적으로 카푸치노와 라테가 있다. 요즘 신상 카페에서는 주로 라테를 판매한다. 왜냐하면 라테와 카푸치노의 경계가 모호하기 때문이다. 우유와 커피의 비율로 그것을 구분하기도 하지만, 거품을 치는 순간도 시간의 흐름과 비슷하다. 어, 하는 사이에 갑자기 거품이 많이 만들어지기도 한다. 그렇게 되면 삽시간에 라테와 카푸치노의 차이가 흐릿해지는 것이다. 메뉴의 경계가 흐릿해지는 것은 컴플레인의 원인이 되기 때문에, 요즘은 메뉴의 종류를 줄이고 심플하게 운영하는 카페가 많은 편이다. 우리 카페는 올드한 편이라 라테와 카푸치노를 모두 판매한다.

라테와 비슷한 느낌의 카푸치노를 웻 카푸치노라고 한다. 거품이 젖어 있어 마실 때 거품과 음료가 함께 입으로 들어간다. 이 카푸치노의 장점은 빠르고 위생적으로 만들 수 있다는 점이다. 바리스타 시험을 볼때 만드는 카푸치노가 이것이다. 라테보다 공기 주입을 더 해서 조금 더 풍성한 질감을 표현한다. 카푸치노가 거품이 잔에서 차지하는 비중이 더 크다. 따라서 라테보다 양이 적고 커피 맛이 더 진하다. 이때 주의해야 할 것은 온도를 많이 올리면 안 된다는 점이다. 온도가 올라가면 거품이 굳는다. 우리 카페도 예전에는 카푸치노를 만들 때 웻 카푸치노를 만들었다. 어느 순간부터 드라이 카푸치노를 만들었는데, 아마도 드라이 카푸치노가 조금 더 드라마틱한 비주얼을 가지고 있기 때문인가 싶다. 넘칠 것 같지만, 절대 넘치지 않는 풍성한 거품이 잔 위에 곱게 앉아 있는 것이 특징이다.

만들기 어려울 것 같지만, 오히려 초심자가 만들기 좋은 것이 드라이 카푸치노다. 웻 카푸치노보다 온도를 더 올리고, 조금 더 여유를 가지고 천천히 만들면 된다. 온도를 올리는 이유는 거품을 조금 더 굳게 하기 위함이다. 천천히 만드는 이유는 스팀 밀크의 거품이 건조해지길 기다려야 하기 때문이다. 스팀 밀크를 에스프레소에 그대로 붓는 것이 아니라, 스푼으로 거품은 들어가지 않게 막은 뒤 뜨거운 우유를 넣고, 그 위에 건조해진 거품을 스푼으로 여러 번 떠서 올리는 것이 드라이 카푸치노다. 그렇기에 드라이 카푸치노는 웻보다 시간이 조금 더 소요된다. 위생적으로 만들기 위해서는 스푼의 청결도 반드시 챙겨야 한다.

나는 뭔가 허전한 오후에는 고소한 라테를, 더 진한 커피가 당기는 피곤한 날에는 웻 카푸치노를 마신다. 드라이는 만드는 온도가 높아 가열취가 난다. 카푸치노 위의 시나몬은 그런 향을 숨기기 위한 하나의 낭만적인 보호막이다. 어떻게 보면 가열취는 풋사랑의 추억을 떠올리게 하는 면이 있다. 약간은 비릿하고 뜨겁고 그런 것이 있지 않은가. 커피는 이미 다 마셨는데, 잔뜩 남아 있는 거품 같은 것. 그런 커피는 또 이런 날씨와 어울리는 편이다.

가을이 되고, 대부분 문을 활짝 열어 놓고 카페를 운영한다. 덕분에 손님들이 제법 오고 있다. 추운 계절이 오기 전까지 이런 흐름이지 싶다. 요즘은 설거지가 늘었다. 스팀을 칠 때마다 깨끗한 피처가 필요하고, 카푸치노는 잔 받침도 필요하기 때문이다.

오전 시간에 혼자 바삐 움직이다 보면 생각이라는 것을 할 틈이 없을 만큼 시간이 빠르게 간다. 바쁠수록 물을 마셔야지, 호흡에 집중해야지, 차분하게 조용히 만들어야지 하고 마음 속으로 되새긴다. 그러다 보면 어느 순간 시간이 훌쩍 흐르고, 이 계절이 더 깊어지지 않을까. 그 속에서 나도 어떤 작은 차이를 붙잡을 수 있을까.

그런 생각을 하며 가을을 지나가고 있다. 그러다 문득 작은 여유가 생겨서 창밖의 하늘을 보는데, 가지 사이로 드문드문 보이는 하늘에 구름이 걸려 있었다. 그것을 담기 위해서 잠깐 밖으로 나왔다. 몇 번이고 찍었지만, 눈으로 본 것만큼은 아니었다. 짧아진 가을 아래에서, 약간 헐벗은 나무 아래에서 우유가 들어간 커피 한 잔이 그리워졌다.

각자의 소박한 필승을 바라며

가끔 오랜 손님에게 이런 문자를 받기도 한다. 사장님, 별일 없으시죠. 그러면 나는 뭐라고 답장을 보내야 할지 몰라서 조금은 고민한다. 특별한 일이 없다고 보낸다면 삶이 그저 평탄하기만 해서 괜히 미안하고, 이런저런 나의 고민과 일상을 이야기하고자 하면 구차하고 변명 같은 답장이 길어지기 때문이다. 별일 없지만, 뭔가 특별한 의미가 숨겨져 있을 시간이 지금도 흐르고 있는데 나는 과연 무엇이라 말하면 좋을까 하고 망설인다.

그런 문자를 받았던 어제, 카페를 시작하고 처음으로 군인에게 경례를 받았다. 군복을 입은 청년 셋이 아이스 아메리카노를 세 잔 시켰고, 나는 아무 말 없이 한 잔은 계산하지 않았다. 그들은 눈이 동그래져서 이유를 물었다. 나는 군인에게 어떻게 다 받냐는 대답을 했다. 그랬더니 일병 계급장을 단 손님이 경례를 하며 필승이라고 했다. 순간 놀라기도 했고, 웃음도 나왔다. 옛날 생각이 나서 그들과 이런저런 이야기를 했다.

2002년도에 입대를 했으며, 이제는 너무 까마득한 시절이라고 말이다. 그 시절에는 뭐가 그리 힘들었는지 모르겠다고 했다. 그러면서 그때 붙었던 습관을 지금도 유지하고 있는데, 덕분에 장사가 어느 정도 된다고 말했다. 그것은 복명복창이라고 했다. 그러자 병장 계급장을 단 친구가 불이 켜진 듯 피식 웃었다. 나는 군 생활이 쓸모 없는 것 같지만, 완전히 무용한 것은 아닌 것 같다고 덧붙였다. 빨대와 음료를 가지고 나가면서 느슨한 표정의 병장이 경례했다. 약간은 삐딱한 그리고 세련된 자세의 경례였고, 발음은 '필'이었다.

그 말을 두 번이나 들어서일까. 나는 온종일 기분이 좋았다. 의자에 몇 번 무릎을 부딪히고, 오래 서 있던 탓에 발등이 조금 아팠지만, 그날은 그들의 말처럼 승리했던 날인 것 같다. 덕분에 특별한 날이 된 것이다. 완벽한 날이라고 말하기에는 조금 장사가 안되기도 했지만, 아무튼 마음속에 한 장의 사진 같은 선명한 이미지가 남았으니 특별한 날이었다.

나는 조리 있게 말하는 것을 잘 못하는 편이다. 일 대일로 이야기하는 것은 괜찮은데, 듣는 사람이 여러 명이 되면 각 개인의 서사가 마음에 걸린다. 그래서 이렇게 글을 쓰는 것을 즐기는 것인지도 모르겠다.

책이 나오고 어떤 손님은 나에게 작가로 불러야 할지, 사장으로 불러야 할지 모르겠다고 한다. 그러면 나는 그냥 '인한 씨'라고 부르라고 말한다. 나는 사장 이라고 하기에는 장사치의 면모가 부족한 편이고, 작가라고 불리기에는 지우는 사람에게 가깝기 때문이다. 실제로 글을 쓰고 네 개 정도의 블루투스 키보드가 고장 났는데, 늘 먼저 고장 나는 버튼은 지우기 버튼이었다. 열 문장을 쓰고, 여덟 문장을 지우는 경우도 있다. 대부분 꼭 필요하지 않은 글을 홀로 쓰는 편이고, 그것을 늦게 깨닫고 다시 지우는 일이 많다. 그렇게 천천히 조금씩 더디게 쓰는 것이다. 그래서 내가 쓴 글은 그렇게 짧은 것이 아닐까 싶기도 하다.

긴 글을 쓸 때는 하늘이 보이는 곳에서 쓰려고 하는 편이다. 저기가 언젠가 닿을 곳이라고 생각하면 마음이 편하다. 자판 앞에서는 막막하고 그것은 마치 사방이 꽉 막힌 곳에서 앉아 있는 것 같은 착각이 든다.

그렇게 사방이 꽉 막힌 곳에서 떠오르는 이미지가 나의 현재가 아닐까. 별일 없을 때 떠오르는 이미지가 나의 전부가 아닐까 하는 걱정 섞인 사념이다.

오늘도 사실 별일 없었다. 앞으로 펼쳐질 날들도 비슷하지 싶다. 아마도 별일 없을 것이다. 그것이 인생이 아닐까 어렴풋이 짐작한다. 나는 특별한 경험을 기다리며 살고 싶지는 않다. 다만 특별한 날이 아니어도 하루에 한 장 정도 따뜻한 이미지가 있으면 한다. 어떤 섬에 가지 않아도, 화려한 호텔에 가지 않아도, 빛이 드리워진 근사한 곳에서 시간을 보내지 않아도 괜찮다. 딱 하루에 한 장의 이미지만 마음속에 남았으면 한다. 그것을 기억하는 것, 그것을 잊지 않는 것이 작고 짧은 승리가 아닐까. 각자의 소박한 필승을 바라며 욕심을 지운다.

커피 맛만큼 중요한 것

언제부턴가 그다지 먹고 싶은 것이 없는 사람이 되었
다. 그래도 가족과 함께 뭔가를 먹으면 밥맛이 살아나
곤 하는데, 이래서 사람들이 '먹방'을 보는가 싶기도
하다. 맛있게 먹는 모습을 보고 있으면, 나도 죽었던
밥맛이 잠시나마 살아난다. 주말에는 두 딸이 무언가
를 먹는 모습을 보면 밥을 기꺼이 먹을 수 있고, 주중
에는 아내가 먹고 싶은 것을 먹으면 밥을 맛있게 먹을
수 있다.

요즘 주중 저녁에는 종종 외식을 한다. 두 딸이 제
법 커서 짧은 외출이 가능해진 까닭이다. 우리가 사는
율하 1지구는 오래된 식당이 많은 편이다. 주민들에
의해 검증 받아 살아남은 곳은 평소에도 손님이 이어
지는 편이다. 특별히 친절하지는 않지만 안정된 맛과
위생 상태가 양호한 것이 특징이다.

뷰는 별것 없지만, 언제 먹어도 속이 편한 국밥집이 근처에 몇 군데 있고, 비교적 저렴한 가격에 아내가 좋아하는 갈비를 배불리 먹일 수 있는 고깃집도 있다. 뭔가를 굽는 것이 힘들 만큼 손목이 피곤한 날은 직원이 직접 고기를 구워 주는 돼지고기 전문점에 간다. 조금은 비싸지만, 그곳에 가면 뭔가 대우받는 느낌이 든다. 아내가 면이 당긴다고 하면, 우리 카페와 같은 해에 오픈한 파스타 가게에 가서 알리오 올리오를 먹는다. 가끔은 중국집도 간다. 프랜차이즈긴 하지만 정돈된 느낌을 주고 늘 비슷한 맛을 내는 곳이라 선호하는 편이다.

아내도 밥맛이 없다고 느낄 때는 자동차를 타고 새로 만들어진 상업지구로 간다. 율하 2지구에는 새롭게 간판을 올린 식당들이 많다. 가격은 조금 비싸지만 세련된 인테리어를 구경할 수도 있고, 운영하는 사람들의 경영 방식을 엿볼 수 있어서 좋다. 손님을 대하는 눈빛에서 어떤 각오가 느껴져서 가는 곳마다 한 수 배우는 느낌도 든다. 직원들도 친절한 편이다. 어떤 친절함을 끌어 내는 것도 사장의 덕목이라고 생각한다. 휴대폰을 만지작거리는 직원이 있는 가게는 빈 테이블이 많은 경우가 다수다. 주문한 음식을 가져다주며, 미리 세팅해 준 밑반찬의 맛을 물어보는 가게도 있는데, 그런 가게는 빈 테이블이 빠르게 채워진다. 친절이 시스템화된 가게는 환영받기 마련이다.

우리 카페에도 시스템화된 어떤 친절이 존재한다. 먼저 주문받을 때 언어를 소중히 한다. 대단한 것은 아니고 맥도날드 드라이브스루처럼 주문받을 때, 정확하게 주문을 받는 것이다. 빅맥 라지 세트를 달라고 하면, "네 알겠습니다." 라고 짧게 말하는 게 아니라, "네, 빅맥 라지 세트 드리겠습니다." 라고 다시 직원의 입으로 말하는 것을 의미한다. 주문받을 때 최대한 그렇게 하도록 요구하는 편이다. 또 다른 것이 있다면, 서빙할 때 트레이를 놓고 바로 오는 것이 아니라, 리필 안내를 하는 것이다. 트레이만 놓고 툭 오게 되면 커피가 테이블에 던져지는 느낌이다. 트레이에 손을 떼는 속도를 늦추고 꽃에 머무는 나비처럼 서빙을 해달라고 교육한다. 사실 교육을 하는 것은 사장인 나의 입장이고, 받아들이는 것은 온전히 직원의 선택이긴 하다. 확실한 것은 그런 작은 행동을 실천하는 직원이 있을 때 카페의 흐름이 더 좋은 편이다. 그래서 바쁜 날은 직원들의 급여를 조금 더 챙기려 한다.

우리 카페에서 일을 막 시작한 직원들은 때때로 그런 것이 잘 안 되는 경우가 있다. 그래서 손님들에게 뒷이야기를 듣기도 한다. 우리 카페에 애정이 있는 오래된 단골손님에게 듣는 말이다. 그러면 나는 감사의 뜻으로 커피 한 잔이라도 더 드린다. 그 내용을 그 직원에게 상처받지 않도록 전하는 것은 나에게 주어진 숙제다. 다소 고달픈 일이지만 반드시 해결해야만 하는 숙명 같은 것이기도 하다. 작은 차이로 누군가에게 만족감을 선물할 수 있다는 사실을 배우는 것과 조금씩 변화하는 사람을 지켜보는 것은 어렵지만 그만큼 보람 있는 일이다.

어쩌면 내가 월급 말고 줄 수 있는 것 중에서 괜찮은 것은 그런 태도가 아닐까 한다. 짧은 순간 결정될 수 있는 작은 부분이 있고, 피곤했던 하루를 깨우는 원동력이 되기도 한다. 그것은 사람과 사람을 잇고, 작은 세상을 유지한다. 작은 규칙을 지킬 때, 타인의 눈빛은 물론이고 마음조차 사로잡을 수 있다는 사실은 꽤 흥미로운 일이 아닐 수 없다. 카페는 식당과 달리 배부른 사람이 오는 곳이다. 기본적인 욕구가 충족된 사람이

찾는 공간은 조금 더 민감한 관리가 필요할 수밖에 없
다. 테이블의 얼룩은 물론이고, 장식장의 먼지도 쉽게
눈에 들어온다. 그런 공간을 한결같이 관리하는 것도
바리스타에게 필요한 꼭 덕목이다.

나보다 나은 사람

새벽에 카페에 도착해 보니, 마감 시간에 해야 할 일 중에서 누락된 것이 많았다. 어제 사용한 워터 디스펜서가 세척되지 않았고, 에스프레소 머신의 그룹 헤드 상태도 컨디션이 100%가 아니었다. 청소 솔을 사용하고 육안으로 확인하지 않은 듯했다. 평소보다 조금 일찍 온 것이 다행이었다. 오픈 시간이 되기 전에 바쁘게 움직였다. 해야 하는 일을 하기 전에 제대로 되지 않은 부분은 사진으로 남겼다. 잔소리가 될 수도 있겠지만, 타협할 수는 없었다. 텅 빈 카페에 앉아서 B에게 보낼 문자를 정리했다.

잘한 것이 100개가 넘으니까, 스스로 칭찬 많이 해 주세요. 충분히 잘하셨어요. 제대로 한 것이 더 많지만 고쳐야 하는 부분은 나중에 정리해서 보내겠습니다. 어제 너무 고생하셨고 감사합니다. 일어났을 것 같은 시간에 짧은 문자를 먼저 보냈다. 어제부터 정식으로 시작한 B는 카페 경력이 없는 친구였다. 그럼에도 메인 바리스타로 채용을 결정한 것은 어느 시절의 나와 비슷한 느낌이 들어서였다. 면접을 볼 때 뭔가 절박한 느낌이 들었다. 신을 믿는다는 것도, 커피를 만들어본 적도 없고, 카페에서 처음 일을 시작하기에 나이가 많은 것도 비슷했다. 비슷했지만, 나보다는 조금 더 밝아 보였다. 서른 넘어 교사의 꿈을 접고 커피를 처음 배웠던 나는 다소 그늘진 학생이었다. 다른 사람들 앞에서는 밝은 척을 했지만, 숨길 수 없는 어떤 무채색의 기분이 늘 따라다녔다. 뭔가 웅장해 보이는 머신 앞에서 주눅이 들었고, 잘못하면 부서지는 것이 많다는 어떤 그라인더 앞에서, 생두가 쇳소리를 내며 회전하는 로스팅 기계 앞에서 주눅이 들었다.

뭔가 칭찬을 들은 날은 가능성이 보이는 듯해서 기분이 좋았고, 뭔가 잘못된 점을 가득 지적받은 날은 정말이지 막막한 기분이 들었다. 카페 경험을 쌓기 위해서, 레시피를 배우기 위해서 다른 카페에 문을 두드릴 때는 더 낮은 자세가 될 수밖에 없었다. 나이가 많았고, 마음은 급했고, 길은 모르겠고, 나는 해낼 자신감도 없고, 할 줄 아는 것이 없었으니까. 그렇게 골목 골목 카페를 찾아다니며 돈을 줄 테니 조금이라도 배우고 싶다 말하고 다니는 날이면 나는 정말이지 어떤 바닥만큼 낮아졌다. 그 바닥은 깊고 구석진 곳에 있었다. 얼마 돈을 주고 한적한 카페에서 라테 아트를 연습하기도 했고, 폐업할 가게에서 집기류를 구입하기로 약속하고 레시피를 배우기도 했다. 답이 없구나 싶은 날은 골목을 헤매면서 기도했다.

저를 불쌍하게 여기소서, 저를 불쌍히 여기소서. 때로는 좋은 일이 생길까 봐 걸음마다 감사합니다, 감사합니다, 그런 말을 중얼거렸다. 그런 시절 나의 모습이 B에게서 언뜻 보였다. 이번에 그만두는 K는 B를 보며 힘들 것 같다고 했지만, 나는 잘될 거라고 했다. 나도 했으니까, 더 잘할 거라고. 아무것도 모르고 이 공간에 와서, 괜찮은 바리스타가 되어서 나간 사람이 한둘이 아니라고 말했다.

B에게는 이런 이야기는 하지 않았다. 다만, 귀와 어깨를 최대한 멀리 두는 느낌으로 서 있으라고 언질을 줬다. 하늘에서 누군가가 정수리를 끌어당긴다는 느낌으로 곧게 서 있어 달라고 이야기했다. 그렇게 오

래 서 있으면 허리도 아프고 목도 아프다고 이야기했다. 단톡방에는 B의 커피가 맛있다는 단골손님의 전언을 적었다. 조금은 느려도 괜찮다고 부족함이 있다면 친절함으로 채우면 된다고 말했다.

봄의 고도

생두 가격이 제법 올랐다. 거래하는 업체 직원 말에 따르면, 내년까지는 계속 이렇게 오를 예정이라고 한다. 오른다는 것은 아무래도 수요는 늘었지만, 생산량이 줄었다는 뜻이지 싶다. 경제 시간에 그런 것을 배웠던 것이 기억난다. 그런 것을 통해 가격이 결정된다고 말이다. 생두 단가는 내가 결정할 수 있는 부분이 아니지만, 분명히 카페를 운영하는 데 중요한 요소이기 때문에 왜 그럴까 고민하게 된다. 한산한 시간이 되면, 어떻게 해야 하나 생각한다. 해결하고 싶지만, 내가 해결할 방법이 없는 문제들. 여유를 즐겨할 시간에, 이 문제에 오랫동안 빠져 있었다. 그러다 보니, 그림이 하나 떠올랐다.

어떤 타국에서 허름한 옷을 입은 농부가 열심히 커피나무를 돌보고 있는데, 마대에 쌓이는 커피체리의 양은 점점 적어지는 모습이 그려졌다. 그리고 다른 피부색을 가진 외국인들이 그것에 대한 값을 치르고 턱을 만지작거리며 어떤 허름한 사무실에 앉아 있는 모습이 떠올랐다. 그들은 갓 내린 듯한 커피를 마시고 있다. 밖에는 그곳 원주민들이 땀을 흘리며 커다란 마대자루를 더 커다란 컨테이너에 옮기고 있었다. 그 입구는 생각보다 작고 어두워서 보이지 않는 내부는 실제보다 더 깊고 넓어 보였다. 그런 컨테이너를 실은 트럭들이 몇 대가 마을 어귀에 줄지어서 기다리고 있었다. 수 년 전 어떤 다큐멘터리에서 본 듯한 이미지인 것 같기도 하다.

최근 어떤 책에서 커피 산지에 대한 글을 읽었다.[7] 그 책에 따르면, 전 세계의 커피는 대부분 커피 벨트에서 재배된다고 했다. 우리 카페에서 사용하는 주로 사용하는 원두인 인도네시아, 케냐, 과테말라도 거기에서 만들어졌다. 커피 벨트는 남위 25도에서 북위 25도 사이의 지역을 말한다. 적도와 가까운 곳에 그 산지가 분포되어 있다. 그러나, 적도와 가깝다고 해서 커피 생산지가 실제로 무더운 곳은 아니다. 그 지역을 가 본 적은 없지만, 그 책에는 그 날씨를 '상춘기후'라고 표현하고 있었다. 늘 봄 같은 곳이라는 말이다.

늘 봄 같은 곳은 어디에 있을까. 저기, 높은 곳에 있다. 낮은 지대 기온이 더워도 높은 곳으로 올라가면 온도가 떨어진다. 태양으로부터 받은 에너지를 저장할 지표도 작을뿐더러, 그것을 보호할 대기층 또한 얇아진다. 낮은 지대의 기온이 연중 높은 온도로 일정하다면, 높이 올라갈수록 특정 고도는 늘 봄 같은 기후가 형성되는 것이 상상된다. 정리하자면, 적도 부근의 고산 지역이 늘 봄이라 할 수 있겠다.

상상 속의 농부들은 얼굴이 조금씩 검다. 원래 피부가 그렇지 않더라도 보호할 공기층이 얇아서, 직사광선에 약간씩 그을린 듯한 피부색을 가지고 있다. 열심히 경사진 땅을 오가며, 때로는 지나친 햇살에 커피잎이 타는 것을 막기 위해 더 큰 나무를 심으며, 그늘을 만들면서 커피나무를 돌보는 모습이 그려진다. 높은 곳의 평탄한 지역도 있겠지만, 머릿속에 떠오르는 이미지는 이상하게도 그런 것들이다. 이렇게 작은 원두에 깃든 다채로운 맛을 경험할수록 거기에는 값진 노동이 숨겨져 있을 것이라는 믿음이 생긴다.

우리 카페에 생두를 판매하는 직원에게 커피의

작황이 좋지 않다는 소식도 들었다. 그것은 아마도 올해 그곳의 날씨가 적어도 봄에서 이탈한 것은 아닐까 싶다. 낮은 지대의 온도가 변했으므로, 어쩔 수 없이 높은 지대의 기온도 변했을 것이다. 어떤 지역은 냉해를 입거나, 어떤 지역은 지난해보다 유난히 더워져서 없던 병충해가 생기지 않았을까 싶다. 커피를 원하는 사람은 그대로거나 늘었는데, 일이 그렇게 되어 버린 것이다. 그래서 나도 커피 장사를 시작하고 처음으로 이런 걱정에 빠졌다.

늘 봄과 같을 수 없다는 것을 알고 있다. 한 사람의 마음도 그러한데, 세상사는 오죽할까 싶다. 카페에서 가장 중요한 생두의 사정이 이렇게 되었는데, 나는 어떻게 내면의 온기를 유지하고, 얼마만큼 허공으로 떠올라 마음을 다잡아야 할까 고민을 하게 된다. 차분해질 수 있는 그 지점을 어림잡아 생각하면서 계산기를 두드린다.

그래도 이 공간만은 봄처럼 지켜야 한다. 조금 덜 남기더라도, 어떻게 하면 이 반복을 계속할 수 있을까 고민한다. 결론은 어렵지만, 그렇게 어려운 것도 아니다. 커피 한 잔에 삶의 고단함을 의탁하는 손님들을 위해서, 가족을 위해서 쉬는 날에도 쉼 없이 길을 걷는 G를 위해서라도, 나는 봄 같은 여유를 찾아야 한다. 비탈길을 오르내리는 타국의 농부처럼 어떤 땅을 찾아야 한다. 거기에 새롭게 흙을 파내고, 묘목을 심고, 새로운 나무 그늘을 만들어야 한다.

그것 외에도 크고 작은 말썽이 생겼다. 커피 콩을 가는 그라인더 두 대가 고장 났고, 냉장고도 말썽이다. 유리창에도 금이 갔다. 부지런히 움직이고 머리를 굴려서 절반 정도 문제를 해결했다. 앞으로 문제가 남았고 아마도, 이번 겨울은 유난히 힘들지 않을까 싶다. 그러나, 포기하지 않고 봄의 징후를 찾아야지 다짐한다. 서릿발로 조금씩 딱딱해지는 지면을 밟으며 며칠 동안 그런 생각을 했다. 아직 겨울은 깊어지지 않았는데, 선택할 수 없는 봄을 기다리는 농부의 마음을 상상하며, 찾을 수 있는 봄의 고도가 어디엔가 있다고 믿으며 계절의 일부를 흘려보냈다.

질고 얇고 딱딱한

가끔은 적막 한가운데 있고 싶다. 아무도 없는 곳. 정말이지 아무런 소리도 안 들리는 곳에서 들리는 것은 나의 숨소리밖에 없는 곳에서 그저 담요를 덮고 비스듬하게 누워 있고 싶다. 조금 외롭지만 반가운 고독 속에서 나의 숨소리에 귀를 기울이고 싶다는 생각이 든다. 그러다 계절이 변하는 것을 알리는 빗소리나 들으면서, 저것이 곧 눈으로 바뀔 것 같은데 하는 나의 낯선 목소리를 들으며 내 입에서 천천히 퍼지는 입김을 바라보면서 한나절을 보내고 싶다고 생각한다.

이런 생각이 드는 일은 자주 있는 일이 아니지만, 요 며칠 사람에게 시달리는 일이 있었다. 예전 같았으면 뭐라고 반박하고 쉽게 단절을 하겠지만, 동네 장사를 하는 입장에다 내 마음을 불편하게 한다고 해서 뭐라고 말을 할 수 있는 포지션이 아니다. 거기다, 바리스타는 누군가에게 대상화되는 것이 쉬운 위치다. 나에게 처음 커피를 가르쳐 준 스승도 바리스타는 '바 안의 스타'라고 했다. 나는 그 표현을 듣고 웃었는데, 시간이 흐르고 보니 어느 정도 맞는 말인 것 같다. 그녀는 다른 사람의 시선을 늘 의식해야 하고, 감당해야 한다고, 그것은 일종의 의무라고 말했다. 우리는 누군가의 이야기를 나누면서 시간을 보내고, 그렇게 살아가는 동물이기도 하니까. 게다가 나는 커피를 팔아서 먹고사는 데다, 어쭙잖은 글까지 쓰는 사람이고. 이야기를 지어내는 것은 아니지만, 어떤 것을 풀어 내는 사람이고 나의 이야기가 가끔 누군가의 주전부리가 되기도 하니까. 아무튼 나는 때때로 공개적인 평판의 대상이 되기도 하고, 며칠 동안 그런 상황에 부닥쳤다.

　나는 며칠 동안 심적으로 피곤한 기분이었다. 평소보다 많은 커피를 마셔야 일을 할 수 있었고, 밤에는 쉽게 잠들지 못한 날이 이어졌다. 검은 그렇다고 완전히 어둡지도 않은 천장을 바라보면서 이 길이 맞나 싶은 상념에 사로잡혀 있었다. 나쁜 일만 있던 것은 아니다. 얼마 전, 어떤 재단에서 인터뷰 요청이 들어왔고, 나는 짜장 반 짬뽕 반처럼, 설렘과 두려움을 반반 섞어서 그 자리에 참석했다. 나는 생각보다 말주변이 없는 편이다. 때때로 실언을 하고 그것이 상처를 주기도 한다는 것을 알기 때문에 말을 잘 더듬는 편이지만, 그래도 진한 커피 덕분인지 능숙한 인터뷰이의 솜씨 덕분인지 실로 많은 말을 하고 말았다. 어떻게 어린 시절을 보냈는지, 어떻게 글을 쓰게 되었는지, 글이란 당신에게 어떤 의미인지, 그런 것을 물어보았고, 나는 턱을 괴고 오랜 벗과 대화하듯 그 시간을 보냈다. 나는 웃으면서 그렇게 웃는 입을 가리면서, 이것은 일종의 조울증인가 싶었다. 목이 마르면 커피를 한 모금씩 마셔가면서 한 시간을 몇 분처럼 보냈다.

마지막 질문은 인생의 목표에 관해서 묻는 질문이었던 것 같다. 나는 나의 목표가 바람을 피우지 않고 늙어 가는 것이라 했다. 인터뷰이는 구체적인 답변이라고 웃으면서 좋아했다. 나는 덧붙이기를 어떤 성장도 바라지 않고, 그저 반복하는 것이라 했다. 지금 주는 월급을 꼬박꼬박 챙겨 줄 수 있는 사장이 되고 싶고, 지금 쓰는 글 정도를 가끔 써내는 사람이 되고 싶다고 말했다. 그 뒤에 그것이 제일 어렵다고 덧붙였는지는 기억나지 않는다. 그래도 그런 생각을 하기는 했다. 실제로 지금의 마음 상태를 유지하는 것, 지금의 몸 상태를 유지하는 것이 어렵다고 여겨진다.

최근 일요일 심야 명상 모임에 참여하게 되었다. 그 시간의 유익함도 있지만, 나도 모르게 조는 순간들이 찾아와 깜짝 놀라곤 한다. 배우는 것이 많지만, 월요일이 힘들어 약간은 망설이기도 한다. 체력이 예전과 같지 않다는 것을 느낀다. 나는 조금씩 나이를 먹어 가고, 아이들은 커 가고, 그들의 꿈도 나의 꿈이 될텐데. 그런 와중에도 나는 점점 옛사람이 되어간다. 그래서 더욱이 뭔가 배워야 괜찮은 사람으로 늙어 갈 수 있을 텐데 걱정이다.

이번 주에 터질뻔한 순간이 몇 번 있었지만, 그것이 생각에만 머물러서 다행이다. 위기의 순간에 나는 명상 시간에 배운 것처럼 호흡에 집중하면서 이완하려고 했다. 나름 애써 배운 것이 효과가 있었다. 홧김에 내뱉었다면, 주워 담는 것은 불가능한 일이었을 것이다. 아무런 말도 하지 않은 것은 인내심이 아니라, 그저 나의 화남을 말로 표현하기 어려워서 그런 것 같기도 하지만. 뭐라고 말을 하고 싶어서, 커피를 몇 잔 마셨더니 그것이 누름돌이 되어서 그래서 그랬던 것 같기도 하지만.

　아무튼 나는 요 며칠, 서먹한 눈빛으로 세상을 바라보았다. 평소와 다르게 포털사이트에서 오랜 시간을 보내고, 아무 기사를 클릭하거나 웃긴 게시물을 찾아보곤 했다. 직원들이 보기에는 초조한 발정기의 고양이처럼 보였을 수도 있겠다. 그런 시간 끝에 이번 주말에는 친구와 술을 마셔야지 하고 계획을 세웠다.

　나는 요란한 가운데, 다른 사람들이 지지고 볶는 소리 가운데 앉아 술을 마실 계획이다. 그곳은 아마도 매캐한 연기로 가득한 곳이라 외투를 벗고 가벼운 셔츠 차림으로 앉아 있지 않을까 싶다. 아마도 지글거리는 불판을 바라보면서 그 위에서 오그라드는 무언가를 바라보면서 결국 그것을 씹어 가면서 덜 익은 무언가를 삼켜 가면서 목이 마르면 물 대신 술을 마셔 가면서 어떤 말이든 내뱉지 않을까 싶다. 하지만 나를 시험에 들게 했던 사람에게 실제로 어떤 말도 하지도 않았다. 그저 앉아서 최악의 상황을 상상하기만 했다. 그것으로 나름의 조치를 한 것은 아닐까 싶다. 어떤 격한 순간도 바라보고 있으면 결국은 가라앉기 마련이다. 괜찮다 싶으면 파고들고, 나쁘다 싶으면 그저 노려

보자. 웅크려 있는 시간에 생기는 주름 같은 것이 품위 있게 늙어 가는 것, 이를테면 나이테의 짙고 얇고 딱딱한 부분이라 생각하면 마음이 한결 편하다. 물론 겨울 같은 침묵의 시간을 무사히 바라본 뒤 겨우 받을 수 있는 고요한 선물이다.

3

추출

더 선명한 단상

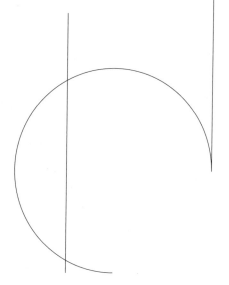

낡아가는 시계

내시경은 처음이었다. 긴장이 되어서 그런지 모든 동작이 어색했다. 두꺼운 투명 아크릴로 마감된 서늘한 감촉의 침대도 낯설었고, 간호사가 시키는 대로 옆으로 누워서 팔다리를 정돈하는데, 그 모든 과정이 부자연스러웠다. 소독약 냄새가 나는 그 공간에서 곧 잠들내 몸은 나와 무관한 것처럼 느껴졌다. 그것보다 신경이 쓰였던 것은 의사가 앉은 쪽에 있는 컴퓨터 화면이었다. 새로운 환자가 들어오는 동안 쇼핑을 하고 있었는지, 멀티 화면에는 손목시계 정보가 떠 있었다. 밴드는 메탈 소재였고, 은색 베젤 안쪽은 청아한 쪽빛이었다. 박혀 있는 바늘이 많아 보였다. 가격은 할인해서 천오백 달러, 비싼 시계라고 생각했다. 선생님, 시계는 나중에 고민하시고요, 저 처음인데 무섭거든요. 잘 부탁드려요, 라고 말하고 싶었는데 당연히 아무 말 못 하고 우물쭈물했다. 이름을 물어봤고 나는 대답했다. 몇 마디를 나눴는데 기억나지 않는다. 눈을 뜨니 회복실이었다.

점심은 간단하게 병원에서 제공하는 부드러운 음식을 먹었다. 간이 덜 된 미역국, 어떤 생선의 속 젓, 작은 꽈리 고추가 있는 멸치볶음으로 밥 한 공기를 뚝딱했다. 그렇게 하고 나서 커피를 파는 곳을 찾아 나섰다. 머릿속을 옮겨 다니는 가벼운 두통이 느껴졌다. 구슬 정도 크기의 근육통 같은 통증이 머리 어느 편에 있는 것이 아니라 옮겨 다니는 것 같았다. 그 무시할 수 없는 결림이 미간에 있다가, 천천히 귀 뒤쪽으로 이동했다. 아마도 카페인을 찾는 몸의 반응 같았다.

나는 아침마다 세 잔의 도피오를 마신다. 케냐, 예가체프, 하우스 블렌딩을 한 잔씩 마신다. 그라인더 앞에 걸려 있는 원두를 손님에게 제공하는 것은 안 될 말이고, 맛도 잡을 겸 그라인더를 조금씩 굵게 조절한다. 그 굵기를 적용하기 위해서는 원두를 한두 번 버려야 하는데, 그것을 내가 마신다. 빈속이 아니라, 미숫가루로 속을 달랜 뒤에 커피를 밀어 넣는다. 넣으면, 목 뒤의 경동맥이 뛰는 것이 미세하게 느껴진다. 동시에 손끝이 따뜻해진다. 코끝에 무엇이든 올려서 균형을 잡을 수 있을 것 같은 자신감이 생긴다. 그 힘으로 홀로 오전 시간을 감당한다.

시간을 홀로 감당한다는 것은 기분 좋은 일이다. 그 시간 전체가 내가 없으면 돌아가지 않기 때문이다. 버는 돈의 크기를 떠나 손님의 인사와 안부가 모조리 나의 몫처럼 여겨진다. 수많은 만남과 헤어짐이 나의 책임이라고 느껴진다. 착각일 수도 있겠지만, 그렇게 살아온 세월이 있었기 때문에 그 시간 자체가 보상이 되어서 지금이 있다고 여겨질 때가 많다.

덕분에 나는 커피를 진심으로 좋아하게 되었고, 이제는 커피가 없으면 기분 조절이 어려운 사람이 되어 버렸다. 그날도 연거푸 몇 잔의 진한 커피를 마신 뒤에야 보통의 나로 돌아올 수 있었다. 커피가 있어서, 가족들과 평범한 주말을 보낼 수 있었다. 나에게 평범한 주말이란 이런 것이다. 아내는 집에 있고, 나는 두 딸과 야외활동을 하는 것. 주로 돈이 들지 않는 동네 놀이터를 간다. 아이들은 그날의 친구와 놀고, 나는 그것을 바라본다. 그러다 지루해지면 그 순간을 기다렸다는 듯 책을 읽는다. 읽다가 손이 시리면 음악을 듣는다. 그러다 발이 시리면 놀고 있는 아이들 옆에서 서성이다가 사진을 찍기도 하고 놀이터를 몇 바퀴 돌면서 몸을 녹인다. 몸이 녹으면 다시 앉은 자리로 돌아와 책을 읽는다. 그렇게 주말을 보낸다. 이런 아빠의 역할을 수행하는 것도 아침에 즐기는 몇 잔의 커피 덕분이다. 그렇게 무사히 하루가 흐르고, 며칠도 거뜬히 흘렀다.

어느새 검사 결과가 도착했다. 사실 나는 내 속 어딘가에 무언가 좋지 않은 것이 자라는 것이 아닐까 하고 걱정했다. 어딘가에 풀리지 않는 피곤이 있는 날이 많았기 때문이다. 그래서 어떤 날에는 그것을 찾아내고, 떼어 내야 하고, 그곳에 빈자리가 생길 거라는 염려를 지울 수가 없었다. 세상에 그런 병은 너무 많으니까. 뭔가 덜어 내고 그 빈 곳이 채워질 때까지 지난한 아픔과 싸우는 사람들이 주위도 많으니까. 정말이지 감사하게도 그런 병은 없었다. 성인이라면 대부분이 가지고 있는 약간의 위염이 있었고, 뼈에 약간의 문제가 있었다.

종합 병원으로 검사지를 들고 가니, 수치가 좋지 않아 일 년 정도 치료를 받아야 한다고 말했다. 다행인지 모르겠지만, 보험 적용이 되는 수치라 경제적인 부담은 없었다. 꾸준히 약을 먹고, 커피를 줄이고, 수면 시간을 확보하고, 이런 이야기를 들었다. 한 달에 한 번 정도 내원해서 주사를 맞고 약을 처방받으면 된다고 했다. 그날 이후로, 그러니까 그다음 아침부터 커피를 줄였다. 아침에 마시는 도피오 세 잔을 한 잔으로 줄였다. 대신 그냥 갈아서 버리는 원두가 늘었다. 조금은 새 나라의 어린이처럼 살아가면 되지 싶었다. 일찍 자고, 조금 늦게 일어나고. 커피는 일탈하듯 마시고. 커피를 일탈하듯 마시는 바리스타는 조금 어색하지만 어쩔 수 없는 일이 되어 버렸다. 커피를 몇 잔 마시지 못하고 일을 하니 실수가 늘었고 말이 매끄럽게 나오지 않는 날이 늘었다. 어떤 손님은 우스갯소리로 왜 로봇처럼 말하느냐고, 코드를 빼고 싶다고 피드백을 주기도 했다. 미안하고 웃겼다. 적은 카페인으로 작동되는 사람이 되기 위해서는 적응 시간이 필요했다.

집에서는 무조건 내가 설거지를 한다는 마인드였고, 계속 그것을 지켰는데 요즘은 아내가 계속 설거지를 하려고 해서 미안한 마음이 든다. 주방에서 달그락거리는 소리가 들리고, 나는 식탁 한편에서 고양이랑 사냥놀이를 해 준다. 종소리를 따라서 고양이가 후다

닥 뛰어다니고, 뒤에서 달그락거리는 그릇 소리가 들린다. 그 장면이 어딘가 모르게 서글프다. 아무도 모르겠지만, 알게 모르게 고독한 마음으로 나를 밀어 넣는다. 그런 밤을 몇 번인가 보냈다.

겨울은 해가 뜨기 전에 알람이 울린다. 가끔 조용한 고민을 한다. 살짝 흔들린다. 그 끝에 살아가야지, 그런 다짐에 도달하는 것은 나를 기다리는 사람들 덕분이다. 아내, 두 딸, 함께 일하는 G, N, 그리고 초침처럼 성실히 작은 카페를 찾아오는 손님들, 시곗바늘처럼 때로는 교차해서 만나고 함께 이야기를 나누는 손님들, 각자도생하는 세상 속에서 어느덧 우리라는 베젤 속으로 들어온 소중한 사람들. 그들과 함께하는 시간 속에서 조금씩 회복하고 위로받으면 되지 않을까. 그것이 커피를 줄여야 하는 바리스타의 낙이 아닐까. 어느 피곤한 새벽에, 어떤 지울 수 없는 무게감이 나를 누르는 시간에, 오래된 카페 바닥을 바라보며 낡은 인덱스가 새겨진 다이얼을 떠올렸다.

최선과 최선이 만나는 곳

우묵한 곳이 몇 군데 생겼다. 살을 잘라낸 곳이다. 평
소에는 가만히 두지만, 손바닥에 굳은살이 어느 정도
쌓였다 싶으면 그곳을 꼬집는다. 일종의 버릇이다. 꼬
집은 뒤에, 손톱깎이를 과감하게 들이댄다. 이렇게 깊
게 잘라도 될까 싶지만, 아무런 통증 없이 밀어 넣은
만큼 살이 떨어져 나간다. 떨어진 만큼 파인 자리가 생
긴다. 딱딱한 살이 떨어져 나가는 만큼 뭔가 시원한 기
분이 들기도 한다. 오른손에 두 곳, 왼손에 두 곳, 네
군데에 오목하게 파인 흔적이 생긴다. 시간이 지나면,
살이 차올라서 다시 평평해지고 다시 볼록해지겠지만,
그런 일을 반복한다.

생활을 유지하다 보니, 굳은살이 생겨나는 것이지
싶다. 바리스타란 손을 많이 쓰는 직업이다. 묵직한 포
터 필터를 수없이 만지고 생두 자루를 나르고, 로스팅

하기 위해서 손을 놀린다. 중화요리를 하는 요리 실장 만큼은 아니지만, 제법 역동적인 직업이 바리스타다. 가끔 창업을 상담해 줄 때 비교적 정적인 성향이라면 제법 다이내믹한 직업이라는 것을 꼭 알려 준다. 장사가 잘되면 당연하겠지만, 오랫동안 서 있어도 친절을 베풀 수 있는 체력이 있어야 한다고 귀띔한다.

나이가 사십을 넘어가면서 조금씩 불편한 곳이 생기기 시작했다. 목, 어깨, 손목, 무릎 이런 곳이 조금은 말썽을 부린다. 그래서 매일은 아니라도 틈틈이 운동한다. 주로 하는 것은 풀업과 딥스, 데드 리프트다. 젊을 때는 몸의 형태를 만드는 것에 집중했다면, 요즘은 신체 기능을 유지하는 것에 초점을 둔다. 적당한 무게를 가지고, 단백질 파우더는 먹지 않고 가볍게 운동하는 편이다. 그렇게 하다 보니 근육질이 되는 것은 아니지만, 손에 굳은살이 조금씩 오른다. 그런 의미에서 잘려 나가는 굳은살과 다시 차오르는 굳은살은 주어진 상황에서 최선을 다한다는 작은 증거이기도 하다.

이런 패턴을 유지하는 것이 중요하다고 여겨진다. 어떤 날은 커피를 팔아서 먹고사는 한 굳은살은 계속 제거되고 만들어져야 한다고 생각한다. 커피를 찾는 사람은 미처 풀지 못한 피곤을 이기려는 사람이다. 그렇게 오늘의 최선을 위해서 낭만을 포기하지 않는 사람이라고 여겨진다. 카페에 오는 손님을 보고 있노라면 그런 것이 느껴진다. 그들에게는 적어도 백반을 초월하는 한 줌의 낭만이 있고, 알코올의 유혹을 이겨낸 자의 당당함이 느껴진다. 그래서 이 공간을 지킨다는 것 자체가 약간의 자부심을 품게 한다.

그런 사람들과 함께 살아간다는 것이 자체가 뿌듯하게 느껴질 때가 있다. 그래서 닮아 가야지, 노력하고 나도 함께 자전거를 타듯, 같은 힘으로 힘껏 페달을 밟아야지 하고 생각한다. 최선의 오른발과 최선의 왼발이 만나면 제법 가파른 오르막도 오를 수가 있는 것처럼 인생도 그랬으면 한다. 그렇게 한참을 오르면 편한 내리막길이 오지 않을까 싶다. 카페에서 그렇게 시간을 보내면 해가 떨어진 후에 지친 어깨를 펴고 집에 들어갈 수 있다. 최선과 최선이 만났으니, 나는 괜찮은 생의 한가운데를 질주하고 있다고 믿게 된다.

설날 연휴를 앞두고, 함께 일하는 G가 아팠다. 갑자기 쉬게 되었고 그날은 오랜만에 온종일 혼자 커피를 내렸다. 아침과 점심 모두 미숫가루를 먹고 일한 것은 참 오랜만의 일이었다. 그 시간을 통과하면서 느꼈던 것은 내가 어떤 자리에 있다는 것의 실감이었다. 빈자리만큼 그의 최선이 느껴졌다. 아, 나는 이런 사람과 함께했군, 더 잘했어야 했는데, 그런 생각을 했다. 내가 차선이었던 것은 아닐까 싶었다.

굳은살을 잘라 내고, 우묵한 곳을 보면서 떨어져 나간 것이 다른 게 아니라 나의 권태였으면 했다. 그리고 함께 일하는 사람을 더 존중해야지, 도망치지 말아야지, 외롭게 하지 말아야지 하고 생각했다. 물론 시간이 지나면 다시 평평해지고 볼록해져서 무덤덤해질 수도 있겠지만, 그런데도 그것만은 끝까지 잊지 말아야지 하고 속으로 몇 번씩 되뇌었다. 아무것도 잡히지 않는 손바닥을 몇 번씩 꼬집으며 나의 인생이 아니라 우리의 인생에 대해서 떠올렸다.

그때 그 마음

새해가 시작되었고, 새 책을 집어 들었다. 그날도 아침부터 그 책을 읽고 있었다. 마음에 드는 구절은 숙고한 뒤에 밑줄을 그었다. 그날은 이런 문장들이 문득 와닿았고, 카페가 한가해서 그 문장들을 옮겨 적었다. 커피를 한 모금 마시고 키보드를 타닥거리며 옮겨 적었다.

읽기 전에는 나와 완전히 무관한 문장이었지만, 곱씹어 보니 어떤 시절의 조각을 옮긴 듯한 글이라 여운이 남았다. 그래서 그 구절만 몇 번씩 더 읽었다. 그동안 한가하지만 외롭지 않을 정도로 손님이 왔고, 문장을 내버려 둔 채 몇 잔의 커피를 내렸다. 그러다 열시가 조금 지났을까. 의외의 손님이 찾아왔다. 어린아이 한 명과 엄마로 보이는 여자 한 명, 그녀의 친구로 보이는 여자 한 명이었다. 평범한 손님처럼 보였지만, 유심히 나를 쳐다보는 눈길이 느껴졌다. 나도 누군가 싶어서 유심히 바라보았다. 그러던 찰나에 그녀가, "안녕하세요. 03학번 김은영이에요."라고 말했다. 그 순간 그때 그 마음이 떠올랐다. 한동안 지워 버린 듯 생각하지 않던 시절이었다. 졸업하고 한 번도 가 본 적 없던 그 동네의 풍경이 떠올랐다.

내 작은 방은 정문도 아니고 후문도 아닌, 쪽문을 나가면 있었다. 중앙 도서관을 면해서 나 있는 그 길로는 차가 지나갈 수 없고 사람과 길고양이에게 어울릴 법한 어설프고 거친 계단이 있었는데, 그 아래에 어느 켠에 내 방으로 통하는 길목이 있었다. 그 길을 따라가면 수많은 하숙집과 몇 평 되지 않는 작은 식당, 때때로 한 학과의 모든 학부생이 회식할 수 있는 허름하지만 꽤 넓은 식당 몇 개가 있었다.

길은 아스팔트로 말끔하게 포장된 것이 아니라, 오돌토돌한. 술에 취해 걸으면 넘어지기 딱 좋을 법한 길. 거의 매일 몇 개의 전봇대 아래에는 숙취의 흔적이 있고, 그것이 썩 눈에 거슬리지 않았던 길. 절망하는 법이 없는 젊은 사람이 가득하고, 그 시절은 누구나 술에 취하는 일에 관대했으니까. 마시고 죽자, 이런 말을 쉽게 내뱉었던 그 시절의 호기가 떠올랐다.

신입생 시절에는 위의 학번 선배들이 이유 없이 무서웠고, 술은 주는 대로 마셨던 기억이 떠올랐다. 혼자가 되는 것이 싫었고, 또 선배랑 친해야 족보 같은 것도 얻을 수 있을 것 같아서 그랬다. 복학하고는 마치 《좀머 씨 이야기》[8]의 주인공처럼 비가 오나 눈이 오나 바쁘게 앞만 보고 걸어 다녔다. 늘 같은 옷을 입고 커다란 노스 페이스 가방을 메고 다녔다. 가방에는 몇 권의 전공 책, 그리고 내 손으로 다시 쓴 나만의 전공 요약집이 들어 있었다. 그리고 종이 파일들도 들고 다녔다. 파일은 열람실 칸막이가 낮아서 들고 다녔던 것인데, 그날의 자리에 더 높은 담벼락 같은 임시 칸막이를 만들기 위해서 늘 소지했던 것이었다. 임시 칸막이에는 오직 나를 위한 격언들이 적혀 있곤 했다. 그 칸막이 너머 어느 편에 03학번 은영도 앉아 있었다. 그녀도 나처럼 파일을 들고 열람실에서 오래도록 앉아 있었던 학생이었다.

은영과 함께 온 친구는 같은 학번 후배였다. 그녀는 몇 번 말을 섞어 보지 못했던 후배였다. 다만 나처럼 필름 카메라를 썼던 기억은 선명했다. 사진을 찍으면 비네팅 효과가 나는 러시아 카메라를 썼었고, 내가 쓰던 펜탁스를 들고 답사를 다녔었다. 그래서 서로 쓰는 필름에 관해 이야기를 나눴던 기억이 있다.

나는 혼자 출사를 나가곤 했다. 아주 가끔 도서관과 학교 그리고 하숙집을 오가는 일상이 지루해지면, 미래가 너무 멀리 있어도 불안을 숨기기 어려운 날이 다가오면 어쩔 수 없다는 듯 쉼표를 찍으러 어디론가 가곤 했다. 먼 곳이 아니라 그저 조금 다른 길로 나갔다. 법대 뒤뜰은 낡은 것들이 쌓여 있는 공간이었다. 그저 나무 한 그루도, 버려진 자전거도, 덩굴이 자라던 붉은 벽면도 모든 것이 유구한 시간을 견딘 것처럼 보였다. 그곳에서 혼자 사진을 찍다가 딱 한 번 그녀를 우연히 만난 적이 있었다. 거기서 어떤 필름의 색감이나 조리개 값에 대한 이야기를 나눴던 기억이 있다.

두 후배와 함께 온 꼬마 신사에게 음료를 내어 주고 잠시 앞에 앉았다. 한 사람은 벌써 세 아이의 엄마가 되었고, 지난 세월 동안 기간제 교사를 하다가 지금은 아이를 키우기 위해서 쉬는 상황이라는 이야기를 들었다. 한 사람은 회사에서 일하고 있다고 했다. 들려주는 이야기만 들었다. 궁금한 것이 많았지만, 흘러간 세월이 많아 물어보기 조심스러웠다. 그저 먼 곳까지

와 준 것이 고마웠다. 그들이 오고 손님이 조금씩 들어왔고, 또 그게 그들이 보기에 좋아 보였나 보다. 카페 구석에서 조곤조곤 주고받는 들뜬 목소리가 먼 곳에 전하는 흐린 편지처럼 들렸다. 하고 싶은 말이 많았지만, 별다른 말은 못했다. 밥이라도 한 끼 사고 싶었지만, 점심시간이 짧아 그러지 못했다. 보낸 뒤에 그게 마음에 걸렸다. 아이에게 용돈이라도 줄 것을 그랬나. 그들은 스스로 이제 늙었다고 이야기했는데, 그대로인 것처럼 보여서 놀랐다. 마음도, 마음 이외의 것도 그대로처럼 느껴졌다. 그들이 가고 나서도 한참 동안 그때 그 마음이 계속 떠올랐다. 하지 못한 말들이 어쩔 수 없다는 듯 떠올랐다.

외롭지만 외롭지 않았던 마음, 두려웠지만 술 몇 잔에 쉽게 잊어버렸던 호기로웠던 마음, 묵묵하게 앉아서 고개를 숙이고 무엇이든 읽어 내고 외울 수 있었던 미래에 대한 굳은 믿음이 떠올랐다. 하지만 나는 실패했다. 이십 년이 지난 지금 나는 단정하지 않고, 쉽게 판단하지 못한다. 판단보다는 공감하고 때로는 분노하지만 주저하거나 타협하기도 한다. 이제는 이렇게 작은 카페에 앉아서 커피를 내리고 책을 읽고 가끔은 나의 문장을 떠올린다.

　가끔은 그 시절 친구들이 그립기도 하지만, 그날에 내뱉은 말을 제대로 지키지 못했기 때문에 다시 만나면 뭐라 이야기를 주고받아야 할지 모르겠다. 뱉은 말은 쏟아 버린 물처럼 없는 셈 치더라도, 파일에 늘 붙여 놓았던 격언도 지키지 못했다. 그래서 이렇게 정물처럼 한자리에 머물러 있는지도 모르겠다. 오늘따라 거듭된 좁은 문 앞에서 작아졌을 친구들이 떠오른다. 그렇게 각자의 좁은 공간에서 흘려버린 시간도 언젠가는 괜찮은 추억이 되리라는 믿음이 있다. 낡은 사물도 신중하게 담으면 그 자체로 괜찮은 작품이 되는 것처럼 우리의 지나간 시간도 그렇게 되지 않을까. 그런 작은 믿음 한 조각이 아직 남아 있는 듯했다.

어느 택배 기사 이야기

그는 나와 비슷한 키에 뭔가 더 건장한 느낌을 주는 청년이었다. 185cm에 몸무게는 대략 85kg 정도 되지 않을까 추측을 하곤 했다. 카페를 운영하고 두 해가 지난 뒤부터 거의 매주 한 번씩은 보던 사이였다. 세어 보니, 서로가 안면을 트게 된 것은 거의 팔 년이 되었다. 그동안 별다른 안부를 주고받았던 적은 없었다. 그는 줘야 할 무거운 물건을 사뿐히 내려놓고 조용히 가는 편이었다. 그가 차분한 말투로 택배가 왔다고 이야기를 하면, 나는 좋은 하루를 보내라든지, 고생하시라든지, 그런 이야기를 하곤 했었다.

그와 내가 이 공간 밖에서 딱 한 번 마주친 적이 있었다. 오 년 전인가, 카페 거리에서 플리마켓을 열었던 적이 있다. 김해에서 가장 큰 온라인 커뮤니티인 '소감아'에서 행사를 주관했었고, 거리가 제법 떠들썩

했었다. 차량을 통제했기 때문에 도로에는 인파가 가득했다. 사람이 가득한 한여름의 워터파크처럼 이곳도 그런 곳으로 갑자기 변하는 듯했다. 둥둥 떠서 물결처럼 사람이 떠밀려 흘러가는 느낌이었다. 그날은 나도 마침 비번이었기 때문에, 아내와 두 딸을 데리고 구경을 나온 참이었다. 아내는 큰딸의 손을 잡고 걸었고, 아직 걸음마가 서툴렀던 작은딸은 내 어깨 위에 목말을 태워서 걸었다. 그러다 작은딸 또래의 딸을 목말 태워 걷고 있는 그와 마주쳤다. 오가는 인파 속에서 우리는 특별한 말을 하지 않았지만, 그는 웃으며 인사를 했고, 나도 같은 표정으로 인사했었다. 그날 이후로 우리는 더 어떤 말을 주고받을 기회는 없었다. 그래도 일주일에 한 번은 잠깐 눈을 마주치고 인사하는 사이가 되었다.

그러고 보니 허공에 안부를 물었지, 서로의 눈을 바라본 적은 없었다. 그것은 그 일이 있었던 이후에 생긴 작은 변화였다. 그는 여전히 무거운 짐을 사뿐히 내려놓고 갔고, 그런 시간이 몇 해가 되었다. 그러다 한 달 전부터 그가 보이지 않았다. 가게 앞에 택배는 도착했는데, 인사가 없어 일이 많이 바빠졌나 싶었다. 어떤 회사에서 파업해서 물량이 늘었나 싶었다. 어느 날 그가 아닌 다른 사람이 택배를 내려놓는 것이 눈에 띄었다. 등을 돌려 탑차를 향해 뛰어 가는 이를 불러 그의 안부를 물었다. 교통사고가 났다는 소식이었다. 수술을 해야 하고, 반년 정도 일을 쉬어서 자신이 대신 이 코스를 맡게 되었다고 했다. 그러면서 앞으로 잘 부탁한다고 말했다. 듣는 순간 뭔가 으스러지는 것 같았고 눈물이 났다. 그것이 무책임한 감정이라는 것을 알지만 그냥 그렇게 조금 흐르는 것을 내버려 두었다. 그렇게 내 몫의 감정을 소비하고 일상으로 돌아갔다.

그런데 한 주가 지나 뜻밖에도 그를 만나게 되었다. 절뚝이는 그가 휘청거리며 짐을 들고 오고 있었다. 아무 일 없다는 듯이 눈을 마주치고 좋은 하루를 보내라는 그를 붙잡고 처음으로 긴 이야기를 나누었다. 푸석한 표정의 그는 어디서 이야기를 들었냐고 물어보았다. 그에게 줄 커피를 만들면서 이 코스를 맡게 되었다는 분에게 물어봤다고 이야기했다.

그는 수술을 해야 하는데, 수술대에 올라가면 일을 쉬어야 하므로, 그냥 참고 일을 하기로 했다고 말했다. 나는 아무런 말도 할 수 없었다. 물어보고 싶은 말을 물어볼 수 없었다. 어떻게 사고가 났는지, 그 상처가 참는다고 해결되는 문제인지, 다른 방법이 없는 것인지, 그런 것을 물어보고 싶었지만 뭐라고 말을 할 수가 없었다. 커피를 내리는 것 외에는, 눈을 마주치는 것 외에는, 하루의 평온을 빌어 주는 것 외에는 할 수 있는 것이 없었다. 나는 도무지 할 수 있는 것이 별로 없는 사람이구나, 위태하게 걸어가는 뒷모습을 보면서 그런 생각을 했다.

명절을 앞두고 이어졌던 어떤 택배 회사의 파업을 두고, 불편을 호소하는 목소리가 있었다. 통신 판매를 하는 사람들도, 나처럼 택배로 장사할 원재료를 받는 사람들도 모두 불편함을 호소했다. 나는 불편하지만, 파업을 이어가고 있는 사람들의 목소리가 조금은 이해된다. 아마도 그들의 눈을 보면서 안부를 묻는 사이가 되어서 그런지도 모른다. 좋은 하루를 보내라며 또 다른 곳으로 짐을 옮기는 그들은 어떤 삶을 살아가고 있는지 대략 짐작이 되기 때문이다. 허공이 아닌 그들의 눈을 바라보며 안부를 물어보면, 그들의 아침이, 그들의 식사가, 그들의 가족이 어렴풋이 그려진다. 그들이 원하는 것은 주 60시 근무, 택배비 원가 인상, 택배 분류 작업제외였다. 그들이 원하는 것은 그렇게 거창한 것이 아닌데, 아무도 그들의 목소리를 듣지 않으니 점점 거창한 일이 되어 간다.

어느 순간 나의 편의를 위해서라면 누군가의 사소한 일상은 사치가 되어가는 세상에 우리는 살아가고 있는 것은 아닐까 싶다. 그런 세상을 방치한 채 나의 소비와 안위가 제일 중요한 세상 속에서 늙어 가고 있는지도 모른다. 이것이 현대인의 삶인가, 삶이 이런 식으로 흘러가는데 방치하는 것이 옳은가. 누구에게 물어보기도 힘든 질문이 치민다. 그런 의문을 그냥 내버려 두는 것이 어렵다.

Deep in roasters

봄이 오는 듯하다가, 다시 겨울이 온 것처럼 추워졌다. 오전은 그대로지만, 오후와 늦은 밤은 한가해졌다. 그럼에도 나는 별다른 글을 쓰지 못했다. 왜냐하면 몸이 불편했기 때문이었다. 아픈 것에 대한 글을 쓰지 않고, 다른 무언가를 쓰고 싶어서 앉았지만, 글은 제자리걸음을 반복했다.

부끄럽게도 혀를 좀 씹었다. 점심을 급하게 먹다가 씹은 곳이 곪아서 열이 조금 나기도 했었고, 며칠 동안 소염진통제를 먹으며 일을 했다. 그렇게 불편한 채로 일하던 어느 날, 로스팅을 하려고 원두 재고를 체크하는데 낯선 번호로 문자가 왔다. 발신자는 우리 카페에서 잠시 일했던 I였다. 안녕하세요, 저 잠시 알바 했던 I입니다. 잘 지내셨죠? 요번에 삼정동에 작은 가게를 시작하게 됐어요. 혹시나 시간 여유가 되실 때 한

번 놀러 와 주세요. 항상 건강 잘 챙기시고 올해도 좋은 일 많으셨으면 좋겠어요. 저도 장유 갈 일 있을 때 놀러 가겠습니다. 글에는 웃는 이모티콘이 두 개 있었다.

평소 같으면 바로 확인하는 것도, 답장을 보내는 것도 어려웠겠지만, 요즘 같은 날에는 그렇게 어렵지 않은 일이었다. 로스팅 기계를 잠시 끄고, 잠깐 문자로 대화를 주고받았다. 그녀가 말하는 우리 카페에서 받은 좋은 영향이라는 것이 무엇인지 궁금하기도 했고, 무엇보다 우리 카페를 빛내 주었던 사람이었기 때문에 잘 풀렸으면 하는 바람도 있었다. 대화 끝에 나는 글을 쓰기 위해서 일찍 퇴근하는 목요일에는 그곳으로 가야지 하는 다짐이 섰다.

새로 오픈한 그녀의 작은 가게는 우리 카페와 다소 떨어진 곳에 있었다. 주소를 보니, 인제대학교에 인접한 곳이었다. 그래도 고속도로를 타면 30분 안에도 당도하는 거리였다. 고속도로는 빠르게 달렸고, 내려서는 내비게이션의 목소리에 귀 기울여 꾸물꾸물 운전했다. 몇 번 와보았던 도로와 생전 처음 보는 도로를 거치자 그 카페의 조그마한 간판이 눈에 들어왔다. 'Deep in roasters.'[9]

열 평 정도 규모의 작은 공간이었다. 꽃샘추위로 노면이 살짝 언 듯한 날이었지만, 그 안은 계절을 앞선 듯 따뜻했다. 남쪽으로 난 큰 유리창 덕분인 듯했다. 그 유리창 너머 높은 곳에 경전철의 고가 선로가 보였고, 그 앞 좋은 자리에 위치한 맥도날드 간판도 보였다. 난생처음 카페 사장이 된 그녀는 그 공간의 온도에 어울리는 구김 없는 라벤더색 셔츠를 입고 있었다. 바에는 먼지 한 올 없는 검은 에스프레소 기계가 자리 잡고 있었고, 묵직한 맛과 고소한 맛에 어울리는 안찜 그라인더가 그 옆에 앉아 있었다.

이런저런 대화를 나누었다. 하루에 몇 시간 영업하는지, 쉬는 날은 언제인지, 매출은 어떻게 되는지, 주문한 아메리카노와 라테를 마시며 이런저런 이야기를 나누었다. 아직은 혼자서 일을 한다고 했다. 내가 물었다. 밥은 어떻게 드세요. 냄새 안 나는 음식으로 바 안에서 간단하게 해결한다고 했다. 노파심에 나는 괜한 말인 것 같지만, 컨셉과 친절을 유지하기 위해 건강을 잘 챙기는 일이 중요한 듯하다고 말했다.

그녀의 아침 식사 시간이 보이는 듯했다. 아직 온기 없는 아침의 바 안에서 샌드위치나 누룽지를 조용히 먹는 모습이 그려졌다. 카페를 운영한 지 오래되었지만, 나도 형편이 크게 다르지 않기 때문이었다. 나 역시 점심은 어김없이 혼밥이고 식사 시간은 이십 분을 넘기는 경우가 없었다. 일하는 날의 점심은 늘 욱여넣는 느낌으로 간단하게 해결한다. 아무렇지도 않은 날도 있지만, 때때로 서글프게 느껴지는 날도 있었다. 그래서 직원에게는 한 시간씩의 점심시간을 꼭 준다. 그들은 또 나와 입장이 다르기 때문이다.

그녀는 10%의 설렘과 90%의 두려움으로 이른 아침 카페를 연다고 한다. 뭐가 두려우냐고 물어보니, 알려지지 않을 것에 대한 두려움이라고 했다. 사람들이 여기에 있는 것을 모를까 봐 걱정이라고 했다. 오래도록 카페에는 우리밖에 없었고, 충분히 공감되었다. 그런데 나 같은 경우는 알아차릴까 봐 두렵다고 말했다. 약간 주저하다가 말을 이어갔다. 내가 진지하게 커피를 하지만, 언젠가는 부족한 부분을 들켜 버릴 것 같다는 예감에서 벗어나는 것이 힘들다고 말했다. 그 뒤에 창밖을 바라보았다.

다른 카페를 운영하는 사람들은 어떨까. 위풍당당한 카페들도 제법 있다. 공간이 압도적으로 넓고, 값비싼 장비를 구비한 신상 카페는 사람이 흘러넘친다. 구석구석 숨은 자리에도 빈자리가 없다. 그런 카페가 우리 동네에도 몇몇 있다. 아마 압도적인 무언가가 결국은 손님들의 심미적 취향을 자극하기 때문이지 싶다. 내게는 시간이 흐르면 드러나게 되어있는 것들, 이를테면 본질적인 것이 여전히 더 중요하다고 여겨진다. 그것이 무엇이냐고 물어본다면, 두려움을 잊지 않는 것이라고 조심스럽게 말하고 싶다. 손님의 시선을 잊지 않고, 직원의 시선도 잊지 않는 것이 중요한 것 같다. 그것을 귀하게 여길 것. 내 몸의 일부인 것처럼 귀하게 여기는 것이 중요하지 않을까 싶다. 그렇게 해야 힘든 시절도 바쁜 시절도 지나갈 수 있지 않을까. 그래서 언젠가 꽃 피는 봄이 오면, 쉽지 않겠지만 꽃이다 하면서 흥분하지 않을 요량이다.

잊지 않으려 한다. 고민하는 마음을 잊지 않고 부족하다는 사실을 잊지 않으려 한다. 그런 마음을 유지하는 것이 오히려 중요하지 않을까 싶다. 추웠던 계절을 기억하는 것, 나의 출발점을 기억하는 것은 힘든 일이다. 비약하자면, 산정에서 가파른 비탈면을 따라 굴러떨어지는 거대한 돌덩이를 밀어 올리는 어떤 영웅을 닮아가는 과정일 수도 있다고 생각한다. 불가능한 일인 듯하지만, 돌덩이를 작은 마음으로 바꾼다면 누구나 가능한 일.

커피 두 잔과 허브차를 모두 비우고 그런 생각이 들었다. 우리 카페와 그녀의 카페는 멀리 떨어져 있지만, 비슷한 시간에 불을 켜놓고 있다는 사실이 작지 않은 위로가 될 것 같았다. 창밖에 있는 낡은 맨션의 이름 모를 사람들이 언젠가는 이 카페를 알아주는 날이 왔으면 했다. 이 동네 깊이 스며들길 바랐다. 마침 남향으로 난 창밖 높은 언저리에 지나가는 경전철의 모습이 보였다. 우르르 내린 사람들이 이곳으로 왔으면. 그래서 그녀가 웃으며 바삐 움직였으면, 계절을 마중할 준비가 된 그녀에게 진정한 봄이 왔으면 하고 속으로 말했다.

어떤 자영업자의 사랑법

사랑에 대한 생각을 처음으로 나에게 심어 준 책은 《파페포포 메모리즈》[10]였다. 당시 나는 군인이었고 여자친구도 없었지만, 기간병 화장실에서 읽게 된 그 책의 장면 몇 개는 여전히 기억 속에 남아 있다. 그것은 몇 권의 《좋은 생각》[11]과 함께 화장실 선반에 놓여 있었다. 이등병, 일병 시절 내무실에서 읽을 수 있었던 책은 야전교범밖에 없었다. 그것을 외우는 일이 하루의 중요한 일과였다.

　건조장 뒤편에서 결산이 걸리면 선임들은 웃지 말 것, 상병을 달 때까지는 사제 책을 읽지 말 것, 훈련병 앞에서 입을 열지 말 것, 이런 말을 하곤 했었다. 나는 지금도 그렇지만, 그 시절도 용감한 편은 아니었으므로 그런 부조리에 저항하지는 못했다. 그렇게 왠지 모르게 틀어져 가는 졸병 시절에는 때때로 타인의 시선을 피할 곳이 필요했고, 이곳에 없는 다른 이야기가 필요하기도 했는데, 그곳이 기간병 화장실이었다. 나름 요령을 피는 공간이었다. 잠이 부족한 어떤 날에는 십 분 타이머를 걸어놓고 쪽잠을 자기도 하고, 책을 읽으며 짧은 시간 동안 도피하던 곳이었다. 몽글몽글한 그림이 가득한 《파페포포 메모리즈》에는 군대에 없는 것이 있었고, 제대하면 나에게 올 것이 있었다.

그 책은 어느 날 두 남녀가 사랑에 빠지는 것으로 이야기가 시작된다. 사귀게 된 그들은 애정의 징표로 나무를 심게 되지만, 시간이 흐른 후 무언가 시들어가는 것처럼 헤어지는 것으로 이야기가 전개된다. 그렇게 많이 읽었지만, 이유는 기억이 나지 않는다. 마음이 떠나서 이유를 만들어낸 뒤에 헤어지게 되었는지, 이유가 생겨서 마음이 떠나게 되었는지는 모호하다. 그 세부적인 이유에는 아마도 나의 연애 경험과 그 뒤에 읽게 된 몇몇 책들의 이야기가 먼지처럼 쌓여 버렸기 때문이지 싶다.

이후의 이야기는 이렇게 전개된다. 이별 뒤에 한 사람은 조금은 다른 삶을 살게 되지만, 또 다른 사람은 여전히 사랑하는 마음을 간직한 채 나무를 돌보게 된다는 내용이었다. 그렇게 시간이 흘러, 나무가 담벼락을 넘어설 정도로 자라고 열매가 맺혔을 때, 그 나무를 기억한 그 사람이 돌아와 두 사람은 다시 연인이 된다는 내용이었다. 그것을 보고 나는 그렇게도 기분이 따뜻해졌었다. 머릿속에서 씨앗 하나가 심어지는 느낌이었다.

시간이 흘러 나에게 사랑이라 느껴지는 감정이 왔을 때, 지켜 주고 보살펴야 한다는 생각을 하곤 했다. 그 후로, 사랑에 대해 큰 고민을 한 적은 없던 것 같다. 어쩌면 오랜 연애 경험이라는 것이 어려웠던 시절을 보냈던 것 같기도 하고, 취업 준비를 하거나, 먹고 사는 문제가 더 중요했던 것 같기도 하다. 딱히 사랑의 방법을 배워서 구사하는 것은 구차하다고 생각했다. 그래서 어떻게 보면 이 책을 피했을 수도 있다.

군시절로 돌아가자면, 그곳은 부조리가 만연한 곳이었다. 그러나 적당히 하지 않는 사람들의 모임이었다는 것이 결과적으로 행운이었다는 생각이 들 때가 있다. 매일 아침 우리는 초석, 거울, 자긍심이라는 단어가 들어간 수칙을 우렁찬 목소리로 외치곤 했다. 그 속에서 나만 빼고 다들 열심히 사는구나 싶은 날도 있었다. 군 생활의 미덕은 중간 즈음하는 것이라 충고하는 선임도 없었고, 몸을 사리는 후임도 없었다. 위국헌신하면 제대라는 완벽한 엔딩이 있어서 그랬던 것 같기도 하고. 결국 나도 제대 무렵엔 어느 정도 딱딱한 군인이 되었다.

그곳에서 밀어붙이는 듯한 태도를 배웠고, 그 태도를 제법 오래도록 가지고 있었다. 복학 후에도 그렇게 살았던 것 같다. 졸업하고 몇 번의 시험에 떨어지고 비정규직 교사를 하면서 학교와 도서관을 왕래할 때도 그랬다. 하지만 그렇게 살아야지 다짐했던 시절이 너무 오래되었고, 어느새 어딘가 아프게 되었고, 요즘은 풀리는 일보다 풀리지 않은 일들이 많다 보니 적당히 하고자 하는 마음이 스멀스멀 올라오던 참이었다. 어느덧 몸을 사리는 내가 느껴졌다.

그런데 에리히 프롬의 《사랑의 기술》을 읽고 보니 오래전에 심었던 씨앗이 떠올랐다. 문득 그것을 다시 한번 보살피고 싶은 마음이 들었다. 다시 한번 잠이 들 때는 죽은 듯 자고, 깨어 있을 때는 정말로 온전히 깨어있고 싶다는 생각이 들었다.

요령 피우지 않고, 몸 사리지 않고. 닿는 모든 사

람에게, 모든 활동에 기교를 부리지 않고 오롯이 대하다 보면, 등가 교환 법칙을 넘어서는 조금 더 나은 무엇이 있지 않을까 하는 예감이 드는 것이다. 사실 중요하지 않은 활동이란 정성을 다하지 말아야 하는 활동이란 없다는 것이 위로된다. 그것은 사랑과 일과 관계를 아우르는 하나의 열쇠가 될 수 있다고 여겨진다. 다른 것은 몰라도 사랑만은 잘하고 싶었는데, 그러려면 커피도 잘하고 직원에게도 잘해야 한다니. 노동에서 벗어날 수 없는, 시스템을 만드는 것이 어려운 자영업자에게 썩 괜찮은 방법 아닌가.

커피 내리고 글 올려요

몇 해 전, 경남도민일보에 글을 연재하던 시기에 독자로부터 이메일을 받은 적이 있다. 글은 거의 2,000자를 넘어갈 정도로 길었는데, 요약하자면 당신은 왜 이렇게 가식적인 문장을 구사하는 것인가에 대한 구구절절한 글이었다. 나는 그 장문의 편지를 읽고 한동안 쉽사리 잠을 이룰 수가 없었다. 그런 밤에는 천장을 보면서 나의 위선에 대해 생각하곤 했다. 검은 천장이 회색을 거쳐, 빛바랜 흰색이 될 때까지 바라보곤 했다. 이런 것을 적응시라고 했던가 하고 떠올렸고, 눈이 완전히 피곤해져서 감기게 되면 간신히 잠자리에 드는 날이 이어졌었다.

고백하건대, 당시에 내가 손이 떨리도록 화가 났던 것은 나의 위선이 어느 정도 사실이었기 때문이다. 내 머릿속에 있는 생각이 대부분 선한 것이 아니라는 것은 명백한 사실이었다. 말로 내뱉을 수 없는 욕심들이 제법 많았다. 때때로 나만 생각하고 싶었고, 하고 싶은 대로 내지르고 싶을 때도 많았다. 혼자 있을 때는 목적 없는 욕지기가 밀려 나올 때도 있었다. 다만 나는 그것을 걸러내기 위한 도구로 글을 썼었다. 고백하자면 실로 그랬다. 나는 싸우고 싶었고 그렇게 살기는 싫었다. 그럼에도 이렇게 살아야지, 하는 마음으로 글을 쓰며 시간을 보냈다. 다짐이라고 해야 할까. 선언이라고 해야 할까. 나에게 글은 그런 의미였다. 내 마음에 어두운 부분이 압도적으로 많으면 어김없이 글이 써지지 않았다. 그럴 때는 교회에 다니던 시절처럼 기도하기도 했다. 나에게 구체적인 글이 나올 수 있는 선한 마음을 조금이라도 더 달라고 체념하듯 기도했다.

돌이켜보면, 교회에 다니던 시절은 긴 글을 쓰지도 못했지만, 마음은 편했다. 새벽에 일어나 교회에 가고, 잘 모르는 교회 사람들과 어울려서 서로를 축복하며 이런저런 이야기를 하는 것이 수고로웠을 뿐이다. 수고는 신이 알아줄 것이라 믿었고, 내 마음은 눈동자처럼 보호되는 느낌이 들었다. 무엇보다 원죄가 있다는 말이 와닿았다. 머릿속으로 죄를 짓는 것도 잘못이라는 말씀을 믿었고, 기도를 통해서 입을 통해서 고백하면 그 죄를 사해 준다는 말씀을 절실하게 붙잡았다. 죄는 주일마다 녹여졌으므로 의심 없이 하루하루를 살았다. 특히 사람이 극히 적은 새벽 집회가 좋았다. 한적한 회당의 끝머리에 앉아 나의 죄를 작고 낮은 목소리로 기도하기도 했다. 말로 남길 수 있는 과오와 때때로 잡초처럼 돋아나는 악한 마음은 무수하게 많았으므로, 시간이 늘 빠르게 흘렀다. 시간이 없어서 빠르게 중얼거렸고, 그것은 사람의 언어가 아닌 것처럼 보였을 것 같기도 하다. 그렇게 근 십 년 동안 교회를 다녔다.

교회에 가지 않은 지 십 년이 넘었지만, 글을 쓰게 되어서 간신히 마음을 돌아보곤 한다. 조용한 고백처럼 모든 마음을 풀어쓸 수는 없지만, 결국 검은 잉크로 새겨지게 된 활자는 이타적인 것이 된다. 허물어지거나 무너질 수 있을지라도, 그것은 하나의 기준점이 된다. 그렇게 나를 넘어서는 글을 조금씩 쓰고 싶다.

애를 써서 한 편의 글을 쓸 때, 버려진 활자는 커피 찌꺼기처럼 수북하게 쌓인다. 뜨거운 물을 오롯이 관통한 물만 커피가 되고, 나머지는 흐물흐물한 찌꺼기가 되는 것과 비슷한 방식이다. 앞으로 쓸 수 있는 글이 있다면 그것이 마치 커피와 같았으면 한다. 중력의 힘으로 내려오는 것이지만, 노력하지 않으면 제대로 된 맛이 나지 않는 것이었으면 한다. 그런 글로 세상에 안부를 전할 수 있길, 부디 나만 위하는 사람이 되지 않길 바란다. 마음이 낮과 밤으로 팽팽하게 나뉘더라도, 밝은 것이 우리의 삶을 지배하길 바란다.

그의 안부

듬직한 반려견과 함께 테라스에 앉아 있던 그와 그녀를 처음 본 게 언제였을까. 적어도 오 년에서 칠 년을 거슬러 올라가야 할 듯하다. 그 시절 나는 지금처럼 흰 머리가 많지 않았던 시기였고, 바 안에서 조금 어색한 바리스타였다. 지금보다 말수가 더 없었고, 때로는 포기했던 꿈을 다시 떠올리곤 했다. 그 시절에는 테라스에 심어 놓은 라벤더가 여렸다. 카페의 바닥에 깔려 있던 에폭시도 벗겨진 곳 없이 반짝거렸다. 기억에 의하면 그는 바짝 민 머리에 두툼한 등을 가지고 있었다. 손등에 잔털도 많았다. 얼굴은 늘 햇볕에 그을린 듯 이국적인 모습이었다. 나와 비슷한 점은 수염의 형태였다. 나는 수염의 밀도가 적은데 귀찮아서 기르는 스타일이었다면, 그는 늘 깔끔하게 면도를 하고 다녔지만, 밀도가 높아 저녁이면 푸르스름하게 자국이 돋아나는 스타일이었다. 그의 이름이 무엇인지, 그의 직업이 무엇인지 알 길은 없었다.

서빙하러 가면 요트와 어울릴 법한 시원한 향기가 났었다. 진한 커피를 좋아하고, 약간은 개구진 표정으로 아내를 바라보고, 때때로 다리를 꼬고 먼 곳을 보는 모습이 조르바를 연상시켰다. 그는 담배를 좋아했는데, 테라스 밖에서 담배를 물고 있으면 구수한 냄새가 바 안에서도 느껴졌다. 그런 것들의 총합이 육지보다는 바다와 어울리는 듯한 느낌을 줬다.

그의 이름을 알게 된 것은 최근의 일이다. 그의 아내가 수년 만에 처음으로 쿠폰을 만들었기 때문이다. 그 둘은 수년 동안 단골이었는데, 한동안 흔적도 없이 사라졌었다. 가끔 안부가 궁금하기는 했지만, 이내 잊혀졌다. 오랜 시간 한곳에서 장사하면서 그런 경험이 많았다. 여느 인연처럼 자주 만났지만, 또 어느 순간 이유도 모른 채 끊어지기도 했었다. 그러다 최근 들어서 그의 아내가 반려견과 함께 우리 카페에 다시 오기 시작했다. 바다가 보이는 곳에서 잠깐 살다가 왔다고 이야기했다. 그와 그녀가 손을 잡고 해안가를 걷는 모습이 그려졌다. 조금은 자유롭게 뛰어다니는 반려견의 모습도 보이는 듯했다. 나는 그 이야기를 듣고 그런 삶이 부럽다고 이야기했다. 그의 안부가 궁금했지만, 묻지 않았다. 그녀는 예전처럼 라테를 마셨고, 리필로 다시 진한 커피를 마셨다. 그러다 문득 쿠폰을 만들고 싶다고 했고 남편의 이름을 적었다. 네임펜으로 세글자를 적은 뒤에 카페 벽면에 붙였다.

나는 그의 안부를 물은 적이 없지만, 다섯 번째 쿠폰을 찍은 날 그의 안부를 듣게 되었다. 사실은 그가 일 년 전에 갑자기 하늘로 가게 되었다는 소식이었다. 들으면서 나는 왜 먼저 묻지 않았을까, 그것이 미안해서 눈앞이 흐려졌다. 건강한 사람이 갑자기 아프게 되었고, 그렇게 갔다고 했다. 이 거리를 보면 더 힘들어서 잠시 바다를 보면서 살았다고 이야기했다. 나는 원래도 말을 잘 못하는 사람이라 그날도 뭐라고 말을 하지 못했다. 다만 그의 이름이 적힌 쿠폰만 멍하니 바라보고 있었다. 그러던 차에 해야 할 일들이 생겼고, 그녀는 어느 사이에 사라지고 없었다. 황망한 마음에 카페를 둘러보았다. 마치 그녀가 자리를 옮겨 어딘가에 앉아 있다는 듯이. 그러나 보이는 것은 뭔가 낡아 가고 있는 것들밖에 없었다. 바닥은 이제 더는 매끈하지 않앉고, 책장도 쿠폰이 여기저기 붙어서 뭔가 정리되지 않은 느낌이었다. 이곳저곳 상처가 많은 테라스, 화단에 심은 허브는 무성해져서 관목처럼 보였다.

안부를 듣기 전에는 그가 내 마음에 생생하게 살아 있었는데, 그의 소식을 들으니 오히려 옅어지는 듯했다. 그녀도 다시는 오지 않을 것 같다는 예감이 들었다. 그 아픔에 걸맞은 어떤 위로를 하지도 못했기 때문이었고, 그것은 내 능력을 넘어서는 것이라는 것을 알기 때문이었다. 그런데도 내가 할 수 있는 애도를 고민할 수밖에 없었다.

할 수 있는 것이 별거 있겠는가. 옅어지지 않도록 노력하는 것, 오래도록 기억하는 것, 동시에 이 자리를 지키는 것 정도가 되지 않을까 싶었다. 그녀가 떠난 자리, 그와 함께 앉았던 그 자리를 보면서 내가 떠올릴 수 있는 생각은 고작 그 정도가 전부였다. 그의 안부를 들은 날은 길 건너 천변에 매화가 만개했었다. 그 너머 산에는 마른 나무 사이로 점 찍은 듯 연둣빛이 돋아나기 시작했다. 바람도 제법 따뜻했지만, 그 모든 것이 거짓말 같았다.

오랜만에 만난 친구

오랜만에 고향 친구가 카페에 놀러 왔다. 고등학교 시절에 같은 반이었다. 함께 농구를 하기도 하고, 함께 야자 시간에 도망치기도 하면서 친해진 사이였다. 그러다 대학을 진학하면서 조금은 연락이 뜸해졌다. 그래도 명절에는 종종 만나서 술을 마시거나 담배를 피우며 그 시절에 합당한 푸념을 하고, 미래에 대한 각오를 다졌다. 군대를 다녀온 뒤로는 공백이 있었다.

　　우리가 다시 만나게 된 것은 고향의 한 도서관이었다. 나는 임용시험에 몇 번 떨어지고 귀향한 상황이었다. 그도 금융 쪽 취업에서 몇 번인가 고배를 마시고 동네 도서관을 다니면서 다시 취업 준비를 하고 있었다. 우리는 낙오자였고, 함께 시간을 보냈다. 쉬는 시간이 맞으면 함께 옥상에 올라가 자판기 커피를 마시기도 했고, 도서관 지하에 있는 식당에서 몇 안 되는 메뉴를 골라가며 함께 밥을 먹었다. 그렇게 보낸 세월이 제법 되었다. 그럼에도 허송세월이 아니었던 것은 그 시절 각자에게 사랑하는 사람이 있었기 때문이다. 취업준비생에게 사랑은 사치라는데, 우리는 그런 각자의 사치에 기대어 한 시절을 견디고 있었다. 데이트도 마음 놓고 할 수 없었지만, 목표가 있었고, 꿈이 있던 시절이었다. 여전히 흐리지만, 밝은 미래가 있는 듯해서 괜찮은 시절이었다. 나는 그가 삶을 대하는 자세를 보며, 내 자세도 점검할 수 있었다. 덕분에 낮잠도 덜 자고, 덜 쉬면서 시간을 보냈다. 그의 시선을 덕분에 누구보다 일찍 도서관에 가고 제법 진득하게 의자에 앉아 있을 수 있었다.

몇 번의 겨울을 함께 지내고 함께 떨어지는 경험을 하면서 함께 창업할까 고민했던 시절도 있었다. 나는 어느 순간 지쳐 버렸고, 지금 사귀는 사람과 다음 단계로 들어가고 싶었다. 해서 우리는 함께 카페나 해볼까 하며 이곳저곳을 돌아다니기도 했었다. 내가 본격적으로 커피 공부에 뛰어들고, 그는 지역의 작은 회사에 취직하면서 우리는 각자의 삶을 살았다. 그 이후에 오랫동안 만나지 못했고, 드문드문 소식을 주고받는 사이가 되었다. 그 십여 년의 시간 동안 나는 홀로 창업하고, 결혼하고 아이를 키웠다. 나는 도서관을 다니는 것처럼 카페 문을 여닫으며 살았다. 어쩌다 넘어오게 된 다음 단계에서, 누구보다 절실하게 도달하게 다음 단계에서 십여 년을 보냈다. 그동안 드문드문 친구의 소식을 들었다. 어떤 네트워크 사업을 시작했다는 소식, 남들이 비트코인을 거들떠보지 않았을 때 돈을 넣어서 누구보다 많은 돈을 벌었다는 소식, 그렇게나 꿈처럼 부풀었던 돈들이 어느 순간 거품처럼 사라져버렸다는 소식을 들었다.

짧은 점심시간에 그 친구와 오랜만에 밥을 먹었다. 도서관을 다니던 옛날처럼 시간에 쫓기는 먹는 한 끼였지만, 건강한 반찬에 햇살이 그득한 자리에 앉아 무언가를 열심히 씹어먹으니 감회가 새로웠다. 사는 게 어렵다는 이야기를 주고받았다. 어릴 적에는 성실하게 살기만 하면 다음이 있고, 다음이 있는 줄 알았는데 그게 아닌 것 같아서 어렵다고 이야기했다. 지금 먹는 국밥처럼 뭔가를 오래도록 끓이면 인생에서도 진국 같은 것이 나오고 그런 것으로 그런대로 먹고 살줄 알았는데 어렵다고 이야기했다. 나는 도무지 투자도 모르겠고 갈아타는 것도 모르겠다. 너는 어떠냐, 넥타이를 매고 조심스럽게 국물을 마시고 있는 친구에게 물었다. 시간이 되면 술이나 한잔하고 싶다는 생각이 들었다. 하지만 나도 일을 해야 하고 친구도 그래야 해서 다음을 기약했다.

이제 제법 나이가 들어서 양복이 잘 어울리는 친구를 내려 주고 나는 다시 카페로 돌아왔다. 친구는 무언가를 팔러 누군가를 끊임없이 만나야 했고, 나도 이 공간을 지키기 위해서 끊임없이 기다려야 했다. 도망칠 곳도 없고, 도망치려 하지 않는 우리는 어느새 흰머리가 희끗희끗한 나이가 되어 있었다. 때때로 삶에 균열이 생기겠지만, 절대로 건너뛰어 버리는 일이 없는 우리는 나이에 어울리는 삶을 살고 있었다.

낭만적 창업, 그 후 일상

카페는 외부인이 보기에 낭만으로 가득한 업종이다. 손님의 입장에서 보면 정말이지 그럴듯한 공간이 아닐 수 없다. 우리가 살아가는 집 안과 다르게 늘 정리되어 있고, 테이블과 트레이는 낡았을지언정, 끈적임이 없어 청결한 느낌을 준다. 어떤 카페에서는 평소에는 볼 수 없던 풍경이나 오브제를 앉아서 감상할 수도 있다.

조도가 낮은 따뜻한 빛의 전구 아래에서 커피를 만드는 바리스타를 보면 그들은 어떤 예술가처럼 보이기도 한다. 은은한 배경 음악에 따라서 바리스타가 조용히 움직이면 어느 순간 원두가 분쇄되는 소리가 들리고 느껴지는 커피 향이 한층 더 깊어진다. 무엇보다 몇 번의 손짓으로 작은 커피잔에 어떤 그림을 그려낸다. 잔 속의 짙은 갈색의 크레마를 도화지 삼아 작은 나뭇잎, 어떤 작은 새, 꽃 같은 것을 그린다. 잔을 들면 작은 그림이 일렁인다. 마시면 입속으로 그림이 들어온다. 동시에 머릿속에서 스위치가 딸깍 켜진다. 바쁘고 지루하고 틈이 없다고 느껴졌던 순간에 여유라고 말할 수 있는 시간이 만들어진다. 하루가 저물어가는 순간에도 남은 오늘을 모색할 수 있는 여력이 생기고, 누군가와 함께 있다면 상대방의 목소리에 몰입할 수 있는 에너지가 생긴다.

창업을 하기 전 고정적인 돈벌이가 없었던 내가 종종 카페를 찾는 사치를 부렸던 것은 그 감각이 좋아서였다. 모든 것이 맞아떨어져 심장이 적당히 두근거리고, 마음의 초점이 선명해지는 순간이 오면 드라마 속의 주인공이 되는 느낌이 들었다. 그 공간과 연애를 하는 느낌도 들었다. 내 마음속의 긴밀한 고민을 풀어낼 자신도 없지만, 그래도 드라마의 마무리는 여러 가지 종류가 있으니까. 앞으로 펼쳐질 삶을 장밋빛으로 물들이는 커피와 그것이 만들어지는 공간이 좋았다. 카페 창업을 결정한 것은 창업 비용이 적어서도 있지만, 어떤 낭만적인 확신 같은 것이 있어서였다. 찾아오는 손님을 짧은 순간이라도 주인공으로 만들 수 있다면 입에 풀칠은 하지 않을까 싶었다. 그렇게 뭔가에 빠져들 듯 창업했고, 한 해 두 해 흘러 어느새 십일 년이라는 세월이 흘렀다.

어떤 면에서 창업은 그 공간과 결혼하는 것이었다. 하루도 피할 수 없이 쌓이는 삶의 부산물을 처리해야 하는 번거로움이 있고, 이렇게 열심히 살아가지만 때로는 아득한 미래가 불안해서 술을 마시거나 담배를 피워야 하는 것이었다. 그럼에도 자라나는 아이들을 보면서 위안을 느끼는 것처럼 조금씩 나아가는 손님의 삶을 보면서 대리 만족을 느끼기도 했다. 손님이 주인공이라면, 바리스타의 삶은 잡일을 마다하지 않는 조연출 같았다.

장사를 오래 할수록, 내가 언제까지 이 공간을 계속 유지할 수 있을까 걱정을 한다. 결혼하고 아이가 커 가고 나이를 먹어 가면서 노후를 염려하는 것과 비슷한 결이다. 이런 걱정은 매일 조금씩 선반에 쌓이는 먼지처럼 끈질기고 성실한 감정이다. 테이블에 있는 얼룩보다 그것을 닦아 내는 것이 매일 해내야 하는 중요한 업무다. 오늘 장사가 되지 않더라도 그것이 결과가 아니라 또 다른 엔딩이 있는 과정이라 믿고 싶다.

창업과 결혼 모두 시작은 낭만적이지만, 어렵지 않은 것은 없으므로 당연한 일이라 여겨야 한다. 특별한 일 없는 반복 속에서 조금씩 자라는 것이 있으면 그것으로 만족한다. 우리가 만들어 내는 커피 한 잔을 하루의 낙으로 여겨 주는 손님이 있다면 이 공간을 더 오래 끌고 갈 수 있지 않을까 한다. 그것이 덧없는 희망일지라도 지금을 이끌어 주니까. 손님들이 카페 문을 드나들 때마다 좋은 하루 보내라는 말을 건넨다. 그들이 그들의 삶 속에서 주인공이 될 수 있다면, 우리는 내일도 모레도 이 공간에서 그들을 기다릴 수 있다. 그 마음을 가장 소중하게 생각한다.

변하지 않는 것

직원이 바뀌면 컴플레인이 따라온다. 봄이 오면 황사가 오는 것처럼 말이다. 주로 커피 맛에 관한 이야기다. 끝맛이 쓰다거나, 우유 온도가 낮다거나, 신맛이 도드라진다는 경우가 많다. 메인 바리스타가 바뀔 때마다 이런 이야기가 들리곤 했다. 이번에 우리 카페는 두 명의 바리스타가 모두 창업을 했으니 어느 때보다 그런 이야기를 많이 듣는 편이다.

신기한 것은 같은 장비를 가지고 커피를 내려도 맛이 조금씩 다르다는 것이다. 심리적인 이유일 수도 있지만, 실제로 바리스타가 해야 할 일을 빠뜨리면 커피 맛에 영향을 미친다. 우유 온도가 낮은 이유는 바리스타가 스팀 치는 시간이 짧았기 때문이다. 우유 온도가 높으면 단백질 성분이 굳기 때문에 거품이 잘 내려오지 않는다. 그런 스팀 밀크를 가지고는 라테 아트가 어렵다. 그래서 경험이 부족한 바리스타의 경우 성급하게 스팀을 중단하는 경우가 많다. 신맛이 도드라지는 경우는 바리스타가 포터 필터를 미리 장착해 놓지 않는 경우가 대부분이다. 포터 필터를 장착해 놓지 않으면, 그룹 헤드의 온도가 떨어지게 되고, 덜 뜨거운 물로 커피가 추출되기 때문에 신맛이 도드라지는 커피가 만들어진다. 혹은 임의로 추출 버튼을 한 번 더 눌러서 추출을 정지하는 경우도 있다. 아마도 바쁜 상황인데 커피 추출이 완료되지 않으면 충분히 그런 선택을 할 개연성이 있다. 커피는 내려올 때 초기에는 신맛 계열이 나오고, 뒤로 갈수록 쓴맛 계열이 나오는데, 중간에 정지하게 되면 신맛 계열이 강조될 수밖에 없다. 추출 원리상 그런 맛의 구조로 되어 있다. 마지막으로 의외의 쓴맛이 난다면, 그것은 추출 후에 포터 필터의 커피 찌꺼기를 바로 분리하지 않았을 때 발생한다. 추출구에는 물을 고르게 분사하게 하는 샤워 스크린이라는 장치가 있는데, 거기에 커피 찌꺼기가 굳어 있으면, 커피는 고른 추출을 하지 못하고, 쓴맛이 여운으로 남는 커피가 만들어진다.

카페를 운영하면서 어려운 점이 이런 일들은 사

장이 없을 때 발생한다는 점이다. 아무래도 매장에 혼자 있으면 조금 더 긴장을 할 수도 있고, 해야 할 일을 잊을 수도 있다. 사람이기 때문에 당연한 일이기도 하다. 사장으로 할 수 있는 일은, 함께 있을 때 먼저 최선의 방법으로 커피 추출을 반복적으로 보여 주는 것이 아닐까 싶다. 들은 건 고쳐질 것이라는 믿음으로 계속 이야기해 줘야 하는 게 아닐까 싶다. 되도록 따뜻하고 차분하게 이야기하는 것이 중요한 것 같다.

다른 조직은 모르겠지만, 카페가 무너지는 것은 결국 사장이 포기하기 때문이라고 생각한다. 이 직원은 어쩔 수 없는 캐릭터군, 혹은 이 직원은 곧 그만두기로 했으니 어쩔 수 없지 하고 포기하는 순간 커피 맛은 다양한 측면에서 무너진다. 그런 일은 하루 커피한 잔을 낙으로 삼는 손님에 대한 예의가 아니라고 생각한다. 직원에게도 마찬가지다. 일하기로 한 기간과 관계없이 이 세계의 진지함을 배우는 것은 그에게도 괜찮은 경험일 것이 분명하다. 작은 절차가 제법 큰 변수가 될 수 있다는 사실을 배우는 것도 괜찮은 경험이고, 작은 행동 하나로 다른 사람에게 어떤 만족감을 선사할 수 있다는 것도 훌륭한 경험이다. 그래서 나는 끊임없이 조금씩 이야기한다. 그건 마치 공기청정기와도 비슷한 일이다. 끊임없이 조언하고 잘못은 조용히 걸러내는 일이다. 그래서 그것은 크게 대단한 일은 아닐지라도 작은 공간을 지켜내는 원칙이 된다. 오늘도 몇 가지 이야기를 들었고, 조금씩 이야기를 해야 한다. 그럴 때 나는 단어를 고른다. 모난 것은 버리고, 둥근 것만 모은다. 잘한 것이 훨씬 많지만 이런 것은 조금 더 신경 썼으면 한다고 조심스럽게 말한다.

간절기

그날은 나름 잘 풀린다고 생각되던 날이었다. 내가 십일 년째 운영하는 카페 건너편에 매화가 하나둘씩 봉우리를 맺기 시작했다. 멀리서 사진을 찍어도 나오지 않는 몇 개의 점에 지나지 않았지만, 분명 그런 것이 보였다. 카페 안으로 들어오는 햇살에도 여린 봄기운이 묻어났다. 그래서 그런지 손님이 오랜만에 제법 있었다. 집으로 돌아온 나는 소파에 앉아서 아이패드로 뭔가를 열심히 보는 두 딸에게 아는 척했고, 아내와 마주 앉아 저녁을 먹었다.

저녁으로 배달 음식을 먹었다. 조금은 어지럽혀진 식탁에 앉아 있었다. 나는 휴대폰으로 실장이 신을 신발을 고르고 있었다. 커피 가루가 묻으니까 검은색이 좋겠지. 착화감이 좋고 오래 신을 만한, 내가 한때 즐겨 신었던 것으로 살펴보았다. 몇 개 제품을 위시리스트에 넣었다. 그리고 이제 설거지를 해볼까, 아니면 딸의 숙제를 도와줄까, 그런 고민을 하고 있을 때였다. 문자가 왔다. 이제 일을 한 지 삼 주 정도 되는 K로부터 온 것이었다. 문자는 "사장님, 급작스럽게 이런 말씀 드려 죄송합니다."라는 말로 시작했다.

"일을 오래 하지 못할 것 같아 말씀을 드리려 합니다. 현재 어머니께서 진행하고 계시는 사업이 있습니다. 제가 그 사업에 참여할 의사가 전혀 없었으나, 어머니께서 제 도움이 필요하다고 하셔서 그 일에 같이 참여를 해야 할 상황입니다. 하루빨리 말씀드리는 게 카페 운영 측면에서도 리스크가 적을 것 같아 이렇게 말씀을 드립니다."

읽는 순간 얼굴이 뜨거워지는 것이 느껴졌다. 휴대폰에 블루투스 헤드셋을 연결하고 목소리를 가다듬고 K에게 전화를 걸었다. 뭔가 중요한 것이 새고 있는 느낌, 그 양을 알 수 없는 느낌, 반복되는 일이지만 좀처럼 익숙할 수 없는 느낌이 들었다. 걱정스럽게 바라보는 아내의 눈빛을 보면서 애써 미소를 지었다. 그렇게 나는 굽으려는 어깨를 애써 바로 하면서 짧은 통화를 했다. 다행인 것은 바로 그만두는 것이 아니라는 점이었다. 다행이다, 괜찮다, 그런 말을 되뇌었다. 이런 일이 생길 때마다 나의 무능력함이 실감 났지만, 주저앉을 수는 없었다. 아내가 있으니까. 아무것도 모른 채 저렇게 뭔가에 몰두하는 두 딸이 있으니까. 그런 생각이 들었다. 그것을 알고 있지만, 어깨가 움츠러드는 것을 막기는 어려운 일이었다.

작은 방에 들어가 방문을 닫고 앉아 있었다. 건너편의 서가에 꽂혀있는 책들의 제목을 보면서 한동안 그렇게 앉아 있었다. 그 책에 어떤 슬픔이 있었는지, 그럼에도 불구하고 또 어떤 따뜻함이 있었는지에 대해서는 생각하지 못했다. 다만 어렵다, 힘들다, 그런 말을 중얼거렸다. 그날 밤 나는 딸의 숙제를 도와주지 못했다. 식탁을 정리하지도 못했고, 설거지도 하지 못했다. 그렇게 몸에 힘을 빼고 한동안 앉아 있었다.

그다음 날부터 다시 움직이기 시작했다. 예전에 구직자로부터 받은 문자를 다시 보기 시작했다. K의 모친이 인테리어를 진행 중이라고 했으므로, 구인 광고를 올리고 경력자를 찾으려고 하니 시간이 부족하지 싶었다. "죄송합니다. 지금 저희 카페에 구인이 완료되어서요. 더 좋은 일터를 찾으시길 바랍니다." 이렇게 내가 보냈던 문자에 따뜻한 답장을 보냈던 사람들에게 새로 자리가 생겼다는 문자를 보내기 시작했다.

K에게는 실장에게 그만둔다는 말을 직접 전해 달라고 했다. 되도록 간곡하고 예의 바르게 전해 달라고 했다. 아마도 열심히 가르쳤는데 갑자기 그만둬서 상심이 클 수도 있다고 했다. 강한 사람이지만, 사람이기 때문에 상처 입을 수도 있다고 했다. 상처를 입으면 다음 사람을 맞이하는 것이 어렵다고 말했다.

오늘도 새벽은 추웠다. 그래도 매실나무가 천천히, 그러나 누구보다 꾸준히 꽃봉오리를 만들어 가는 것이 보였다. 여전히 사진으로 담을 수 없는 수준이었다. 멀리서 보면 그것은 작은 점에 불과했고, 작은 구멍처럼 보였다. 바람은 여전히 차가웠다. 하지만 볕이 드는 곳은 미열처럼 봄기운이 분명하게 느껴졌다.

공짜 밥 먹은 이야기

"사장님, 저쪽 테이블도 같이 계산해 주세요." 식사를 마치고 나오면서 카페 단골손님이기도 한 식당 사장에게 말했다. 며칠 전에도 그런 일이 있었다. 점심시간에 다른 테이블에서 아는 손님이 있으면 몰래 계산하고 나오는 편이다. 무조건 하는 것은 아니고, 통장에 조금 여유가 있을 때 그렇게 한다.

자영업자란 어쨌든 손님 덕에 먹고 사는 형편이고, 장사를 하는 한 나는 도움을 받고 사는 처지이기 때문에 조금씩 갚으며 살아야지 하는 마음으로 그렇게 한다. 그렇게 돈을 몇 푼 쓰면 어깨가 반듯해진다. 이렇게 식대를 대신 지불하고 나면, 뿌듯한 마음이 든다. 이렇게 마음이 동할 때 밥을 사줄 수 있는 것이 성공한 삶이 아닐까 하는 생각을 하기도 한다. 그러다 어떤 날은 반대가 되기도 한다.

몇 주 전 즈음이었나. 식사를 마치고 계산을 하려고 하는데, 누군가 계산을 했다고 식당 사장이 이야기했다. 누군가 싶어서 고개를 돌려봤지만, 아는 얼굴을 찾을 수 없었다. 어안이 벙벙한 내 표정을 보며 식당 사장님은 어떤 노부부 손님이 그랬다고 말했다. 나는 고개를 갸웃거렸지만, 그 손님이 누군지 그날은 알지 못했다. 그날부터 나는 나이 든 손님이 오면 유심히 표정을 살폈다. 그러던 어느 날 친근한 눈빛을 하며 카페 입구로 들어오는 나이 지긋한 두 손님을 발견했다. 옷깃이 닿을 듯 가까이 서서 나란히 걸어오는 모습이 그저 보기에도 좋은 세월을 함께 보낸 부부처럼 보였다. 주문한 아메리카노 두 잔을 가져다주면서 나는 "혹시."라고 덧붙였다. 나이 지긋한 남자분의 눈이 반달 모양처럼 되면서 식사는 잘하셨느냐고 공손한 말투로 말했다. 그날은 유독 조용한 날이었는데도 기분이 참 편하고 좋았다.

카페 구석에 앉아 손님을 기다리면서 나도 그렇게 늙어야지 싶었다. 하지만 노년을 구체적으로 떠올릴수록 뭔가 막막한 마음이 들었다. 아마 작은 영업장을 운영하는 자영업자는 대부분 그렇지 않을까 싶다.

대부분 하루 먹고 하루 벌어 살기에 급급하기 때문이다. 오늘이 아니라 조금 먼 미래를 그리다 보면 어느새 숨이 막힌다. 당장 다가오는 겨울만 생각해도 머리가 아프다.

거리에 사람이 줄어드는 계절. 사람과 사람을 만나는 것이 어려운 시절이 올까 두렵다. 그래서 그런 상상을 이내 접으려 한다. 그럼에도 함께하는 직원과의 시간이 오래되어 갈수록 가끔 미래를 떠올릴 수밖에 없고, 집에 가면 조금씩 자라는 아이들이 있어서 미래를 떠올릴 수밖에 없다. 그런 생각을 하는 밤이면 마음은 시계추처럼 진자운동을 하고, 어떤 날은 정말이지 잠이 오지 않는다.

그럴 때 위안이 되는 것은 평온하게 들리는 아이들과 아내의 숨소리, 애써 친절함을 끄집어내는 직원의 목소리, 이따금 손님들과 주고받는 밥 한 끼다. 그런 것을 집요하게 떠올리는 것은 구차한 일처럼 보이기도 하지만, 그래도 어서 자야지 하고 생각한다. 내일 새벽에 카페를 열어야 하고, 그래야 나는 가끔이라도 빚진 마음을 조금씩 갚을 수 있는 존재가 되기 때문이다. 그렇게 스스로 존재를 조금씩 증명하다 보면, 그런 시험을 치르다 보면, 나는 어느새 어디론가 갈 수 있지 않을까 한다. 굶지 않고, 걱정도 없고, 그런 어떤 세상으로 말이다.

낯선 곳에서, 익숙한 생각들

비행기라는 것은 참 신기한 이동 수단이 아닐까 하는 생각을 했다. 무거운 것이 하늘은 나는 것도, 아무런 불빛 없는 밤하늘을 날아가는 것도, 멀다고 느꼈던 거리를 짧은 시간에 도달하는 것도 신기했다. 한적한 비행기에 앉아서 그런 생각들을 하고 있었다. 명절을 앞두고 있어서, 서울로 향하는 비행기에는 빈자리가 많았다. 옆자리도 비어 있었고, 앞자리도 비어 있었다. 그래서 무릎이 앞좌석에 닿아도 크게 신경 쓰지 않고 조금은 풀어진 보따리처럼 자리에 앉아 있었다. 그래도 승무원들은 각 잡힌 모양이었다. 다들 큰 키에 구김 없는 셔츠를 입고, 옆머리를 정갈하게 붙이고 윗머리는 자부심처럼 뭔가 봉긋하게 부풀린 것 같았다. 피곤함이 없어 보이는 눈, 코, 입이 반듯했다. 느껴지는 진동에도 아랑곳하지 않고 해야 할 일을 하는 모습이 영화 주인공처럼 보였다. 레이디스 앤 젠틀맨이라고 하며 마스크 착용법과 구명조끼를 착용법을 설명하는 것도 어떤 영화에서 본 것 같았다. 그들은 서울에 사는 사람일까, 아니면 한적한 이 도시로 퇴근하기 위해 다시 비행기를 타야 하는 사람들일까. 그런 것을 물어보고 싶었는데 촌사람처럼 보일 것 같아서 참았다.

비행기를 타고 서울로 가는 것은 처음이었다. 그래서 설렐 것 같았는데 생각보다 쓸쓸하고 고요한 기분이 들었다. 결혼하고 처음으로 혼자서 떠나는 1박 2일의 여행이기도 하고, 두 딸이 태어나고 이토록 멀리 떨어진 적도 없기 때문이지 싶었다. 가족을 두고 혼자 밤하늘을 날아서 이렇게 빠른 속도로 멀리 갈 수 있다는 사실이 현실처럼 느껴지지 않았다. 그래서 술을 마시고 싶었다. 승무원을 불러서 맥주 한 캔을 마실까 하다가 역시나 촌사람처럼 보일 것 같아서 참았다.

김포까지 공항에 내려서는 택시를 타고 친구가 사는 마포로 향했다. 역시나 태어나서 처음으로 모바일 택시 앱을 이용했다. 앱으로 택시를 부를 수 있다는 사실과 계산을 카드로 할 수 있다는 것이 신기했다. 무엇보다 내린 그곳에 친구가 살고 있다는 사실이 비현

실적이었다. 이렇게 쉽게 볼 수 있는데 그동안 못 봤구나 싶기도 했고, 그래서 친구 얼굴을 보는 것이 조금은 미안했다. 오랜만에 보는 친구는 살이 조금은 붙은 모습이었다. 주름 없는 평평한 미간에 오뚝한 콧날을 가진 친구의 얼굴이 평화로워 보여서 다행이다 싶었다. 빈손으로 올라가기에 친구의 아내에게 미안해서 마트에서 과일을 조금 샀다.

친구의 집에서 그렇게 멀지 않은 곳에 한강이 보였다. 아래 펼쳐진 도로로 차들이 드문드문 지나가는 모습이 보이고, 노량진에서 공부하던 시절 꿈처럼 반짝였던 63빌딩도 보이고, 나라님들이 법을 만드는 국회의사당도 보였다. 그런 창을 등지고 앉아 친구의 옷을 입고 가볍게 맥주를 마셨다. 내가 있을 자리가 아닌 것을 알지만, 편안한 느낌이었고, 또 마냥 편하기에는 조금은 격식을 갖추어야 할 것 같은 기분이 들었다. 내일 아침에 일정이 있어서 일찍 누웠지만 잠이 오지 않았다. 앞으로 몇 번이나 이렇게 친구를 만나고, 너도 잘 늙어 가고 있고, 나도 잘 늙어 가고 있다는 것을 확인할 수 있을까. 낯선 잠자리에 누워서 그런 생각을 했다. 친구는 조만간 캐나다로 이사를 할 계획이었다. 그곳은 비행기를 타고도 한참을 가야 하는 세상이었다. 아마도 내가 사는 세상과는 한참 떨어진 곳, 그것이 참 대단하고 자랑스러웠지만 뭔가 쓸쓸한 기분이 들었다. 백지에 새로운 무언가를 써야 하는 친구에게 좋은 일이 있으면 하고 바랐다.

아침에 허겁지겁 빵을 먹고 커피를 마셨다. 그런 느낌으로 라디오 스튜디오를 찾아서 방송도 마쳤다. 나는 말을 조리 있게 하는 편이 아니라서 함께 진행했던 아나운서에게 대단히 미안했다. 그래도 뭔가 고급스러워 보이는 국밥집에 앉아서 오전부터 소주를 마시기도 했고, 높은 빌딩들 사이에서 살아남은 낮은 건물의 카페에서 에스프레소를 마시기도 했다. 태어나서 처음으로 명동 성당에 들어가기도 했다. 오래된 성당 그늘에 앉아서 지나가는 사람들을 바라보며 이런저런 결말 없는 이야기를 하는데, 내 삶에도 이런 장면이 생기는군 싶었다.

내려오는 비행기는 예약하는 것 자체가 어려웠다. 다음날부터 명절이라 그런지 김포 공항에 사람들이 가득했다. 친구 덕분에 공항까지는 편하게 왔지만, 뭔가 주눅이 든 채 공항 한편에 자리 잡은 카페에 앉아 있었다. 이어폰에서 흘러나오는 음악을 듣고 있는데, 계속 식은땀이 흘렀다. 술이 덜 깨서 그런지 읽던 소설도 눈에 잘 들어오지 않았다. 내려오는 비행기에는 사람이 가득할 것 같았다.

4

드립

기다림이 전하는 새로움

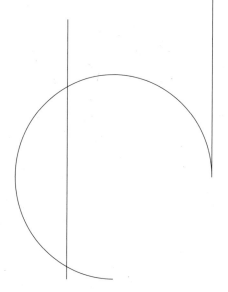

3월 말 어느 날

요즘에는 G가 저녁을 먹으러 가면, 나는 간판 앞 웨이
팅 벤치에 앉아 있는다. 왜냐하면 벚꽃이 피기 시작했
기 때문이다. 손님이 하나둘 빠져나가고 피곤이 몰려
오는 시간이지만, 설거지 거리를 쌓아둔 채 그곳에 앉
아서 잠시 꽃구경을 한다. 그러면 기분도 그것을 따라
서 조금씩 기지개를 켜는 느낌이 들기 때문이다. 매해
보지만, 싫증 나지 않는 그 풍경을 보고 있으면 평소에
생각하지 못했던 것들이 떠오르고, 잊고 있었던 것을
새삼스럽게 깨닫는다.

할 일이 있지만, 낡은 간판에 편히 머리를 기대고
어깨에 힘을 뺀 채 누구보다 편하게 앉아 있는다. 그러
면 벚꽃이 나를 위로하는 것 같기도 하고, 나를 꾸짖는
것 같기도 하다. 그것은 아무래도 벚꽃이 피는 시즌에
만 가질 수 있는 특별한 느낌이다. 그 풍경이 주는 오

묘한 힘은 그것이 오래도록 가질 수 없는 것이기 때문에 오는 것일까. 그런 최선의 풍경은 세상에 흔하지 않기 때문에 오는 것일까.

때때로 벚꽃은 보면서 나는 그 존재가 존경스럽다고 생각한다. 그것은 피어있는 동안 원 없이 빛나니까. 저녁에도 낮만큼 빛나고, 어두운 밤에도 하얀색을 숨기지 못하는 것을 알고 있다. 모든 꽃망울이 동시에 만개하게 되면, 사람들을 불러 모으리라는 것을 알고 있다. 그 아래를 걸어 다니게 될 무수한 사람들이 벌써 보이는 것 같았다.

벚꽃이 만개한 시기에는 산책로에 사람이 꽤 늘어난다. 평소보다 늘어난 이름 모를 상춘객 중에서 우리 카페에 들어올 사람은 얼마나 있을까. 아마 그 확률은 매우 적지 싶다. 우리 카페가 이 거리에서 가장 오래되었기 때문이다. '좋아서 하는 카페'는 외관의 전면부가 눈에 띄게 올드하다. 테라스는 매년 방부 페인트를 덧칠했지만, 그것으로 숨기지 못할 만큼 충분히 낡았다. 올라서면 전체적으로 조금씩 삐거덕거린다. 어떤 날은 전부 확 뜯고 새롭게 단장을 하고 싶지만, 그곳이 누군가에는 추억이라는 사실을 알기 때문에 그것을 실행하는 것이 어렵게 되었다. 폴딩 도어의 유리창도 떡하니 깨진 곳이 있다. 한 장만 깨졌지만, 하나만 바꾸게 되면 그 유리창만 지나치게 투명하게 보일 것이다. 깔끔하게 하려면 모두 교체해야 하는데, 그 비용이 부담되어서 고치지 못하고 있다. 그렇기 때문에 우리 카페는 새로운 손님보다는 단골이 많은 편이다.

다른 카페에 갈 이유가 충분하지만 그런데도 찾아오는 손님이 대부분이다. 덕분에 주눅 들지 않는다. 매일 조금씩이라도 책을 읽기 위해서 오는, 조깅하다가 잠시 쉬기 위해서 오는, 매일 수업 준비를 하기 위해서 오는, 그런데 그곳이 꼭 '좋아서 하는 카페'여야 하는 사람들이 오는 곳이다. 그런 손님들이 대부분이다. 나는 그 사람들이 반복되는 자신의 삶에서 매 순간 꽃을 피우기 위해서 얼마나 노력하는 존재인지를 알고 있다. 봄비를 마시듯 매일 커피를 마시는 사람들.

시간이 흐르면서 그들의 비밀 이야기를 조금씩 듣게 되었다. 그들이 친구가 되었기 때문이다. 나에게 하는 이야기는 아니지만, 서로의 대화가 가끔 귀에 들어온다. 불안한 마음을 지우기 위해서 쉬지 않고 책을 읽는 K, 사랑하는 딸을 위해서 방과 후 수업을 시작했었던 Y, 뛰면서 자신의 삶을 새로운 길을 찾아내는 L. 나는 그들의 사연을 듣고 별다른 내색을 하지는 않는다. 다만, 그들의 변해가는 표정을 보면서 그럼에도 웃고 뭔가 찾아내는 모습을 보면서, 무심한 듯 원두를 갈아내고 커피를 내릴 뿐이다.

　욕심을 부리지 말아야지. 더 나은 것이 있을 것 같지만, 실은 이미 내 삶에도 충분히 피고 지는 것이 있다는 것을 느끼게 되었다. 며칠 내로 만개할 벚나무를 보면서 그런 생각을 했었다. 한 십 분 정도 앉아 있었더니, 몸이 충분히 쉬었다고 이야기하는 듯했다. 설거지를 해야지, 립스틱 자국을 따뜻한 물로 씻고, 얼룩이 보이지 않는 곳도 세제를 묻히고, 깨끗한 물이 나올 때까지 헹궈내야지 싶었다. G가 밥을 먹고, 반려견들과 산책을 하는 한 시간 반 동안 나는 읽던 책이나 읽어야지 싶었다. 그동안 조금씩 꽃망울이 터졌으면 하고 바랐다.

언젠가는 낙화하겠지만

전화를 끊고 잠시 고민을 했다. 전화의 상대는 SNS 친구이자 고등학교 선생님이었고, 진로 특강에 대한 의뢰였다. 대상은 바리스타가 되고 싶어 하는 학생들이었다. 학교가 카페와 다소 떨어진 것이 신경 쓰이기 보다는, 카페에서 자리를 비우기 위해 직원에게 도움을 요청해야 하는 것이 마음에 걸렸다. 봄이 되면서 모든 문을 활짝 열고 영업하기 시작했고, 카페가 다시 바빠졌기 때문이다. 출근했을 때 피곤이 묻어나는 얼굴을 볼 때마다 미안한 마음이 들었다. 비수기 시즌이라면 흔쾌히 가겠노라 이야기했을 것 같기도 하다. 하지만 아무리 고민을 해도 내가 가서 주절거리는 시간이 직원의 휴식을 뛰어넘는 가치를 가지지 못할 것이라는 생각이 들었다. 내 몫의 일을 하지 않으면 그만큼의 피로가 직원들에게 전가될 것이 뻔했다. 일한 만큼 더 받는 수당이 그것을 대체하는 것은 어려운 일이다.

다만, 그것이 여기가 아닌 다른 곳을 떠올리게 한다는 측면에서 긍정적인 부분은 있는 것 같다고 생각하기도 한다. 이 일터에서 소진되는 느낌을 받고, 또 다른 일터나 더 큰 목표를 떠올리게 된다는 것은 어떤 측면에서 좋은 일이다. 나에게는 서글픈 일이지만, 그들의 인생에서는 좋은 자극일 수도 있다. 내가 줄 수 있는 것은 한계가 있으니까.

카페 상호가 '좋아서 하는 카페'이기 때문에, 일이 좋아서 하는 것이 되길 바라며 오는 직원들이 제법 있다. 하지만 일이라는 것이 단순한 노동을 뛰어넘기 위해서는 꼭 어떤 일을 하느냐가 중요한 것은 아니라는 생각이 든다. 그것보다는 일터에서 보내는 동안, 집에서 개인적인 시간을 보내는 동안 내가 나를 얼만큼 바라볼 수 있느냐가 더 중요하다고 여겨진다. 너무 바쁘기만 하면 많은 돈을 벌어도 나를 증명할 수 있는 것이 소비밖에 없기 때문에 서글프다. 노동과 휴식의 파도 속에서 나를 바라볼 수 있는 여유가 조금씩 필요하고, 자신이 감당할 수 있는 높낮이를 찾아가는 것이 큰 돈을 벌지 못하는 보통 사람의 삶이 아닐까 싶다.

몇 해 전에 창원에 있는 도서관에서 비슷한 강의에 초청되어서 한두 시간 정도 이야기를 나눴던 적이 있다. 그때는 한가한 시즌이었고, 무엇보다 학생들 앞에서 서서 무엇이든 말하고 싶었던 꿈을 버리지 못했기 때문에 흔쾌히 강의를 수락했었다. 거기서 수능 점수에 맞춰서 사범대에 들어간 이야기, 교사의 꿈을 오래도록 버리지 못했던 이야기, 아내와 결혼하기 위해서 카페 이름 앞에 아내의 이름을 숨겼던 이야기를 했었다.

내가 어설프게 찾은 의미를 때로는 의연한 듯, 때로는 숨기지 못하고 장황하게 말했다. 무심했던 눈빛이 조금은 반짝이는 눈빛으로 변해가는 것을 보면서 이런 이야기를 했었다. 바리스타란 바른 마음을 가져야 하고, 리부팅할 줄 알아야 하며, 스스로 존경해야 하고, 타인을 배려해야 한다고 말을 했었다. 그렇게 학생들에게 바리스타라는 직업관을 심어 주려고 노력했었다. 그런데 조금 시간이 지나고 보니, 내가 괜한 소리를 하고 왔다는 생각이 들기도 했었다. 어떤 책에서 읽은 것처럼 노동이란 어쩌면 밥과 비슷하다. 그것을 꼭꼭 씹어서 잘 소화할 수 있고 내 욕망을 충족할 만큼의 돈이 된다면 그것이 어떤 일이든 상관없다고 여겨지기 때문이다. 다만 교사라는 밥, 바리스타라는 밥, 연구원이라는 밥이 있을 뿐이다. 갑자기 연구원이 왜 나왔느냐면, 함께 일하는 P의 꿈이 제약 회사 연구원이기 때문이다.

그녀의 꿈을 지난 주말에 들었다. 벚꽃이 만개한 어떤 날, 가게가 너무 바빠서 오랜만에 출근했었다. 오랜 시간 동안 고생한 G를 조퇴시키고, 흘러나오는 재즈에 몸을 맡기고 P와 두 시간 정도 일을 했다. 비번인 날 일을 해서 아내와 두 딸에게 조금은 미안했지만, P의 꿈을 들었으므로 그것을 대신하기로 했다. 그녀는 연구원을 꿈꾸며 주중에는 학교에 다니고, 주말에는 카페에 나와서 일을 한다. 짧은 시간이지만 함께 움직이면서 이 공간이 그녀에게 득이 될까, 실이 될까 생각했었다.

다시 주중이 되었고, 내 몫의 시간이 시작되었다. 벚꽃이 떨어지니 조금씩 손님이 줄어드는 것이 눈에 보였다. 그런 흐름이 썩 자연스럽고 마음에 들었다. 오늘도 떨어진 꽃잎처럼 무심한 표정의 손님들이 들어왔다. 누군지 잘 모르거나 조금은 그 사정을 아는 사람들. 그들이 커피 몇 모금씩 나누어 마시며 풍경을 보는 모습을 지켜보았다. 마시며 조금씩 눈에 빛이 차오르는 것이 보였다. 나는 보지 않는 척 그것을 조심스럽게 바라보았다. 그들은 밥을 먹고 소화하기 위해서 커피를 마시는 것이 아니라, 어쩌면 삶을 소화하기 위해서 커피를 마시는 것은 아닐까 싶었다. 조금은 부족하지만, 우리 카페를 찾는 것도 어쩌면 이곳의 풍경이 좋아서가 아니라, 커피 자체가 주는 특별함 때문이지 싶었다.

마시면 다시 뛸 수 있고 틈이 보이니까. 그들의 삶이 조금씩 나아지는 것만큼 우리의 삶도 그렇게 될 수 있을까. 언젠가는 낙화할지라도 나의 삶도 직원들의 삶도 그렇게 될 수 있을까. 무심히 흐르는 재즈를 들으며 그런 것을 고민했다.

벚꽃 엔딩을 기다리며

며칠 동안 바빴던 때가 있었다. 그때는 아직 벚꽃이 남아 있었다. 아름다운 것이라 사람을 불러 모으는 걸까. 그것이 한시적이라 더 그런 걸까. 추운 겨울이 끝났고, 봄은 왔는데 그 계절을 느끼기에는 벚꽃만 한 것이 없어서 그런 걸까. 상춘객들은 군중을 이루어 그 아래를 걸어 다녔다. 바람이 불면 나뭇가지에서 떨어지는 꽃잎을 보며 환호성을 질렀다. 꽃비를 맞으며 처음으로 봄이라는 계절을 만난 아이처럼 기뻐했다.

그런 풍경을 바라보며 며칠 동안 커피를 쉴 새 없이 내렸다. 카페에 많은 손님이 방문했다. 간만에 자리가 없어서 돌아가는 사람들도 있었다. 수년 만에 보는 손님, 처음 보는 외지인도 많았다. 오랜만에 보는 손님은 아직 우리 카페가 있다는 사실에 조금은 놀라는 눈치였고, 처음 보는 손님은 어떤 것을 주문해야 할지 몰라서 오래도록 메뉴판을 살펴보았다. 나는 평소처럼 보이고 싶었다. 그래서 목소리가 쉬도록 더 많은 말을 했는지도 모른다. 우리 카페에는 아메리카노와 카페라테가 잘 나가고, 커피를 부족하면 무료로 더 드릴 수 있다고 말했다. 앉아서 기다려 달라고 말하고, 기다려 줘서 감사하다고 이야기했다. 주문을 받고, 다시 받은 주문을 확인하고, 주문서를 차례대로 붙여 놓고, 앉은 자리를 주문서에 적어 놓았다. 그렇게 붙은 종이가 여덟 개가 되었고, 다시 줄었다가 어느새 다시 일곱 개가 되곤 했다.

가게에 손님이 많으면 좋을 것 같지만, 나는 오히려 마음이 불편했다. 먼저 자주 오는 단골손님을 돌아가게 해서 미안한 마음이 들었다. 정돈되어야 할 카페 환경이 그렇지 못한 것 같아서 신경이 쓰였다. 기다리는 사람이 있어서 제대로 치우지 못한 테이블도 있었고, 화장실 컨디션도 평소와 달랐다. 꽃비 내리는 풍경이 그것을 채워줄 수도 있지만, 그렇지 못할 수도 있다는 것을 알고 있었다.

동네 장사를 하는 입장에서 특이하게 바쁜 시즌은 득보다 잃는 것이 많았다. 작은 골목이라 주차가 어려워서 차들이 얽혀 있는 상황이 많았다, 관공서에서 주차 문제로 신고가 들어왔다고 카페 주변을 오가기도 했다. 새롭게 일을 배우는 직원들의 표정도 조금 어두워 보였다. 무엇보다 조용한 음악을 좋아하고, 책을 좋아하고, 사색을 즐겨하는 우리 카페 단골들에게 미안했다. 이런 바쁜 시기에는 조율할 수 없는 것이 많았다. 그래서 지난 며칠 동안 손님들에게 커피를 한 잔이라도 더 내려 주려고 노력했다. 예상하지 못한 무료 커피가 작은 위로가 된다는 것을 알고 있었다. 어쩌면 우리 카페의 유일한 장점이기도 했다. 조금이라도 덜 남기는 것, 조금이라도 선을 다하는 것. 내가 느끼는 피곤을 대가로 어떤 형태의 위로를 줄 수 있다면 그것은 괜찮은 일이라 생각했다. 다만 지난해보다 유독 힘들었던 것은 이렇게 바쁜 시즌에 메인 바리스타 두 명이 모두 카페를 그만두었기 때문이었다.

S와 K는 모두 창업을 할 예정이었다. 꽃이 피어나고, 나들이가 시작되는 계절은 뭔가를 새롭게 도모하기에 괜찮은 시기이지 싶었다. 우리 공간이 싫어서 나가는 것이 아니라, 뭔가 새롭게 도전하기 위해서 나가는 것이라면 나도 도리가 없었다. 가는 길을 축복하고

꽃잎을 뿌릴 수밖에 없었다. 덕분에 우리 카페도 뭔가 새로운 에너지가 생길 것이라 믿어보자, 새로운 사람으로 채워졌으니 기회라고 생각하자고 마음을 먹었다. 나에게 주어진 과제는 손님들이 느끼는 이질감을 최소화하는 것이었다. 우리 카페 머그잔에 적혀 있는 문구처럼. 변화는 있지만 변함은 없도록 하는 것이었다. 우리가 하는 것은 사업이 아니라 장사라서 그렇게 어려운 일이 아니었다. 평소처럼 손님 목소리에 귀 기울이고 정확하게 주문을 받는 것, 예전보다 서툰 라테 아트가 되겠지만, 정성을 다하는 것이 정도가 아닐까 싶었다. 그렇게 하다 보면, 어느새 수많은 꽃잎은 다 떨어지고, 듬성듬성 새잎이 돋아나지 않을까 했다. 그러다 무성한 녹색이 되겠지.

어느새 언제 바빴느냐는 듯 다시 한적한 거리가 될 것이다. 그 거리를 바라보며 바에 기대어 서서 차분하게 커피를 음미하는 날이 올 것 같다. 그렇게 한적한 시간을 오래도록 보내다 보면, 또 이런 날을 그리워할 것이다. 꽃비 내리던 바쁜 날들, 수북이 쌓인 영수증들, 오래된 인연을 보내고 새로운 사람들과 뭔가 이루어보려고 했던 오늘을 그리워할 것이다.

분주했던 하루

손님이 한없이 들어올 때가 있다. 장사를 몇 년 해본 결과, 평소보다 사람이 더 많아지는 것이 기회가 아니라 위기에 가까운 상황임을 알게 되었다. 사람에게 만족을 준다는 것은 어려운 일이다. 먼저 주문이 쌓이므로 어쩔 수 없이 딜레이가 생긴다. 바 위에 해결하지 못한 주문지 다섯 개가 붙으면, 그때부터 살짝 땀이 나기 시작한다. 거기에 있던 손님이 나가게 되고, 정리해야 하는 테이블이 생기면 마음이 더 바빠진다. 나간 자리를 정리하는데, 빠르게 하다 보면 꼼꼼하지 못해서 실수하기도 한다. 커피 얼룩이 테이블이 남아있기도 하고, 의자에 미처 발견하지 못한 이물질을 그대로 두기도 한다. 이럴 때는 화장실 컨디션도 나빠진다. 한 시간마다 한 번씩 보는 편인데, 매장 내에서 음료를 만들고 정리하느라 화장실을 체크하는 것은 뒷전이 된다. 그곳을 치워야 하는데 싶은 순간에도 주문은 계속 들어온다. 싱크대 안에는 테이블에서 급히 가지고 온 머그잔과 유리컵이 가득 쌓인다. 오븐 앞에도 수거해 온 트레이가 있는데, 그럴 때는 꼭 사이드 메뉴를 원하는 손님이 들어온다.

오븐 앞에 있던 트레이를 급하게 치운다. 사이드 메뉴를 만들 공간을 확보하다가 잔을 떨어뜨린다. 뾰족한 소리가 천장으로 튀었다가 사방으로 퍼진다. 바닥에는 장애물이 생기고 기다리는 손님은 표정이 미묘하게 변하기 시작한다. 그 순간, 머피의 법칙처럼 전화가 울린다. 아마 테이크아웃 손님일 것이다.

며칠 전에 딱 그런 상황이 있었다. 그날은 카페 앞 산책로에서 프리마켓이 열렸다. 행사를 주관한 해당 카페는 회원 수가 칠만 명을 향해가는, 이 도시에서 모르는 사람이 없을 만큼 지역사회에 깊이 뿌리내리고 있는 커뮤니티다. 스케일을 알기 때문에 다른 직원을 부를까 싶었지만, 그날은 또 다른 직원들을 호출하는 것이 불가능했다. 그래서 오전 시간은 평소처럼 혼자 하기로 마음을 먹었고, 그대로 실행에 옮겼다.

프리마켓은 열한 시부터 시작이었지만, 아홉 시부

터 셀러들이 오기 시작했다. 그들이 먼저 카페 손님이 되어서 본격적인 주문이 들어오기 시작했다. 정말이지, 만들고, 설거지하고, 테이블을 닦고, 그것을 무한 반복했다. 제빙기의 얼음은 열한 시가 되니 바닥을 보이기 시작했다. 바쁜 오전이었다. 그래도 실수는 두 번밖에 안 했다. 유리잔을 두 개 깨어 먹었고, 아이스 라테를 만들어야 하는데, 아이스 아메리카노를 만들어서 그것은 미안한 마음에 서비스로 드렸다.

그런 날에 중요한 것은 물을 선제적으로 마셔 주는 것이다. 커피를 연속해서 만들다 보면, 정수기에서 나오는 물을 내가 마실 틈도 없기 때문이다. 미리 수분 섭취를 해 주는 것이 좋다. 주문서를 두 장 해결했으면 어깨를 풀어주는 것도 도움이 된다. 동시에 심호흡도 해 준다. 바쁘면 숨 쉴 틈도 없다고 느껴지는데, 실제로 숨을 의식적으로 쉬게 되면 그것만으로 충분히 진정되는 효과가 있다. 또 해야 할 행동을 입으로 말하면 실수가 줄어든다. 뜨거운 라테 두 잔과 아이스 바닐라 라테 세 잔을 만들어야 하면, "뜨거운 라테 두 잔, 아이스 바닐라라테 세 잔."이라고 혼자 말하고 그대로 행동한다. 비고츠키가 말하는 자기중심적 언어인데, 실제로 효과가 있다.

아무튼 그날은 별 탈 없이 지나갔다. 하지만 그날 오후에 글을 써야 했는데 정말이지 몇 줄 못 쓰고 책상에 앉아만 있었다. 아무래도 체력이 고갈되어 머리도 돌아가지 않는 듯했다. 다음에 행사를 하게 되면 미안하지만 다른 직원들에게 더 간곡히 요청해야지 싶었다. 역시 실제로 해 봐야 노동 강도가 실감이 난다.

그럼에도 좋았다. 거리에 사람이 구름처럼 몰리고, 축제의 가운데 있는 듯한 느낌이 들었다. 이런 것들을 누리지 못했던 시간이 얼마나 오래되었던가. 긴 세월 동안 얼어붙어 우리는 몇 번이나 탈출을 꿈꿔왔던가. 요즘은 마을마다 작은 축제가 열린다. 그날은 우리 카페 거리도 그랬다. 그날은 하늘이 구름 한 점 없이 파랬고, 나무가 그늘을 선물 했었다. 사람만이 구름처럼 흘러 다녔다. 나도 카페 밖을 나가서 조금은 흐르고 싶었던 날이었다.

내가 할 수 있는 여행

글을 쓸 때는 한적한 카페를 찾아다닌다. 핫한 곳을 가면 아는 사람을 만나기 마련이고, 그들은 한때 우리 카페의 손님이었던 경우가 많다. 그럴 때는 인사를 해도 어색하고, 어떤 말을 주고받아도 민망하다. 무엇보다 이야기를 나누다 보면, 더 이상 외로운 마음이 사라진다. 나는 외롭지 않으면 골몰하기 어려운 타입이다. 그래서 글 쓰는 날은 사람이 없는 공간을 찾아 낯선 골목을 돌아다닌다. 조금 과장하자면 밤하늘을 헤아리듯 구석구석 돌아다닌다.

어떤 여행을 하는 것 같기도 하다. 카페는 정말이지 밤하늘의 별처럼 구석구석 존재한다. 때때로 간판도 멀쩡하고 매장에 불이 켜져 있지만, 막상 문을 밀어보면 잠겨 있는 경우도 있다. 이유는 모르겠지만, 이런 카페는 어떤 비밀이 있을 것 같아서 다음번에도 찾게

된다. 그러나 대개 문이란 열리는 법이고 나는 충분히
발품을 판다면 한적한 공간을 차지할 수 있게 된다. 들
어선 낯선 공간에서 메우고 있는 조금씩 다른 커피 향
을 나는 좋아한다. 흐름이 적은 카페는 대개 그 계절의
감각을 조금씩 가지고 있다. 여름에는 조금은 습한 듯
하고, 겨울에는 조금은 싸늘하다.

　그러나, 그것도 좋다. 나와 대화하는데, 쾌적할 필
요는 없으니까. 오히려 그 계절을 느끼면서 뭔가를 찾
아보는 것도 괜찮은 일이라 생각한다. 텅 빈 공간에서
누군가의 눈치를 보지 않아도 된다는 점, 그것으로 충
분하다. 카페 구석을 너무 살피면 실례인 것 같아서,
밖의 풍경이 보이는 곳이라면 어디든 자리를 잡는다.
커피는 기본적인 것으로 두세 잔 정도를 미리 결제한
다. 서너 시간 정도 앉아 있을 생각이기 때문에 그 정
도의 돈을 써야 마음이 편하다.

　글을 쓰는 과정은 초등학교 시절에 즐겨 했던 모
래놀이와 비슷하다. 나는 내 팔이 올려져 있는 단단한
책상이 실제로는 모래로 되어 있다고 상상한다. 그리
고는 손은 자판기를 두드리지만, 마음으로는 모래를
판다. 파다 보면 무엇이 나올지는 스스로도 모르기 때

문에, 얼마나 파야 나올지 모르기 때문에 조금은 긴장된다. 아무것도 떠오르지 않을 때는 손에 땀이 난다. 하지만 대부분 믿고 앉아 있으면 무엇이든 나온다.

어떤 날은 언젠가 잃어버린 구슬이 나올 수도 있고, 의외의 결정을 가진 돌멩이가 나올 수도 있고, 고무처럼 끈적거리는 검은 흙덩이가 나올 수도 있다. 나는 그것을 허공 위에 가지런히 띄워놓는다. 그리고 이 것들이 글로 남길 만한 것인가에 대해서 생각한다. 그러나 또 그렇게 오래 생각하지는 않는다. 너무 골몰하다 보면 허공에 흩어지기 때문이다. 그렇기 때문에 불을 붙인다.

글을 쓰는 날에만 담배를 피운다. 쓴 연기를 들이마시는 것은 쓰는 것이 힘들어서라기보다는 삶이라는 모래더미에서 찾아낸 이미지들을 받아들이기 위해서다. 직장 생활의 피곤을 감내하기 위해서, 땡볕의 노동에 수긍하기 위해서, 누군가가 담배를 피우는 것과 비슷하다. 그래, 까짓것 살아 보자 하는 마음으로 건져낸 것을 문장으로 치환한다. 담배 몇 모금은 그런 용기를 주기도 한다. 그렇게 문장이 써지고 문단이 만들어진다. 그러나 이렇게 만들어진 삶의 조각들을 하나의 줄에 꿸 수 있을지는 미지수다. 어떤 날은 각각의 문단이 너무 멀리 떨어져 있어서 그저 따로 떨어져 있는 비밀처럼 느껴진다. 실망스럽지만 그런 날도 있다. 또 다른 어떤 날은 그것이 하나의 선으로 이어진다. 그것은 마치 새로이 발견한 별자리처럼 보인다. 흘려버렸으면 어디론가 사라져 버렸을 것들이고, 그렇게 살아가지 않았으면 발견하지 못했을 것들이다.

초안이 만들어지면, 나는 미리 주문했던 커피 중에서 마시지 않은 것을 달라고 바리스타에게 말한다. 그리고 시계를 보며 그것을 다듬는다. 이어지지 못한 문단은 다음에 다시 떠오르길 바라며 미련 없이 지운다. 시간이 갈수록 조금씩 초조해진다. 최대한 서둘러 빠져나가야 한다고 생각한다. 오래 있어서 그렇지 싶다. 그래서 흔적을 지운다. 작은 비밀을 알게 되어 기쁜 한편, 이렇게 멋진 곳에 나만 홀로 있다는 사실이 조금은 서글프다.

이해할 수 있는

새벽에 그 메시지를 보기 전에 나는 컨디션이 조금씩 회복되고 있었다. 날씨가 무더웠지만, 밥맛도 어느 정도 다시 살아나고 있었다. 새로운 사람을 구하고 교육하는 동안 신경이 예민해져서 그런지 몇 주 동안 깊이 잠들지도 못했다. 식사도 하는 둥 마는 둥 했었다. 카페를 그만두게 된 C의 상황이 급했지만, 해결책이 보이지 않아 답답한 날들이 이어졌다. 생각보다 구인이 잘 안 되었다. 시기가 그래서 그런지 짧게 일할 사람만 보였고, 6개월 이상 일할 사람이 구해지지 않았다. 몇 번의 면접 끝에 J가 함께하기로 정해졌고, 그것으로 오랜만에 평화가 찾아온 것 같았다.

J를 처음 만난 것은 우리 카페가 아니라, 그 옆에 있는 다른 카페에서였다. 그날은 내가 비번이었고, 우리 카페로 가서 면접을 보자니 마음이 불편했다. 바쁘

면 바쁜 대로 미안하고, 한적하면 매장에 앉아 있을 사장 때문에 직원이 불편할까 걱정도 되었다. 그래서 면접 장소를 옆 카페로 정했다. 아메리카노를 시켜놓고 앉아서 기다렸다. 그곳은 우리보다 원두를 더 강하게 볶는 편이었다. 그래서 커피의 색도 더 진하고, 고소했다. 잔의 용량이 작아서 그것이 더 밀도 있게 느껴졌다. 마시면서 좋은 커피라 생각했고, 좋은 예감이 들었다. 그곳의 테라스에서 보는 거리의 풍경도 바로 옆 우리 카페에서 보는 것과 조금은 달랐다. 전면에 보이는 굴암산의 능선이 유순하게 보였고, 테라스의 높이가 낮고 천고가 높아서 그런지 하늘이 더 잘 보였다. 하늘 반 숲 반의 풍경을 보면서 사람을 기다렸고, 약속한 시각이 되자 그녀가 나타났다. 내가 줄곧 생각했던 조건은 6개월 이상 일할 수 있는 사람이었다. C는 허리가 아픈 상황이었고, 대학교 진학도 생각하고 있었다. 그래서 J가 일 년 휴학할 계획이고, 일 년 정도 일할 수 있다고 말했을 때 크게 고민하지 않고 함께 일하자고 이야기했다. 그렇게 닷새 동안 트레이닝했고, 일주일을 쉰 뒤에 정식으로 사흘을 근무한 상황이었다.

그리고 이틀이 지난 새벽에 읽게 된 문자는 J로부

터 온 것이었다. 일을 못 하겠다는 내용이었다. 갑자기 긴 금속 같은 것이 나를 찌르는 느낌이 들었다. 아침에 카페에서 혼자 일하면서도 다시 몇 번이고 문자를 읽어 보았다. 내가 무엇을 잘못했을까. 통화를 하면 뭔가 상황을 바꿀 수 있지 않을까 싶었다. 하지만 통화를 하고 난 뒤에 상황은 예상보다 더 나빠졌다. 오늘부터 바로 일을 그만두고 싶다는 것이었다. 열쇠도 이미 카페에 있는 앞치마에 두고 왔다고 했다. 그래서 부랴부랴 다시 구인 광고를 올렸다.

오랜만에 느껴보는 자괴감이었다. 부끄러운 감정이 들었다. 힘이 들고, 얻는 것은 별것 없기 때문에 이런 일이 생기는 것은 아닐까 싶었다. 전화로 혹은 문자로 J를 추궁하고 싶은 생각도 들었다. 그쪽이 소중한 만큼 이 공간을 지키는 우리들도 나름 중요한 사람이라고 말하고 싶었다. 하지만 내가 뭐라고 그런 말을 할 자격이 있을까. 마음이 떠난 사람에게는 닿지 않을 말들이었다. 그냥 J의 말 못 할 사정을 이해해야지 싶었다. 이해하지 않으면 새로운 사람도 뽑을 용기도 생기지 않을 것이고, 새로운 사람을 뽑더라도 뭔가를 가르칠 마음이 생기지 않을 것 같았다. 이미 떠난 그녀에게 내 뾰족한 생각을 쏟아붓는 것보다 중요한 것은 최대한 J를 이해하는 것이었다. 그리고 남은 사람들을 더 소중하게 생각하는 것이었다. 급하게 구인 광고를 올렸지만, 다행히 몇 주 전과 다르게 연락이 제법 왔다.

글을 올린 당일에 첫 면접을 잡았다. 만나기 전에 불안한 내 마음을 숨기기 위해 에스프레소를 몇 잔 마셨다. 우리 카페의 바 앞에 앉은 K는 우리 카페의 사계절을 모두 다 보고 싶다고 말했고, 나는 또 그 구체적 언어가 좋은 증거라고 믿고 싶었다. 그래서 같이 일을 할 만한 사람이라고 여겼다. 그것이 수요일의 일이었다. 급한 대로 금요일은 임시 휴무로 정했다. 아직 숙련되지 못한 바리스타를 투입할 수는 없었다. 주말은 아침 일곱 시부터 낮 열두 시까지 영업하기로 정했다. 이렇게 카페를 운영한 것은 처음이었지만, 빠진 사람 때문에 남은 사람이 무리하는 것은 아니라고 판단했다. 늘 찾아주는 손님들에게 죄송할 따름이었다.

예감이 늘 맞는 것은 아니라는 것은 알지만, 긍정적으로 생각하지 않는다면 실로 어려운 일인 것이 장사가 아닐까 싶다. 잘 되겠지, 순리대로 되겠지, 그런 마음이 실제로 힘든 시절을 지나가게 했다. 손님이든 직원이든 누군가 떠나버릴 것 같은 예감에 사로잡히면 주름만 생길 뿐이다. 그렇기 때문에 더욱 어떤 증거를 찾고, 그것에 조금은 집착해야 하는 것이 자영업자의 삶이 아닐까 싶다. 어떤 손님이든 어떤 직원이든 최대한 이해를 하는 사람이 되고 싶다. 이해하지 않고 미워하게 된다면 그것 또한 장사가 싫어진다. 그러고 보면 바리스타는 꽤 어려운 일이다. 이 어려운 일을 함께하는 이들에게 더 잘해야지. 그런 약속을 스스로에게 몇 번이고 했다.

빙수 없음

날씨가 더워져서 그런지 빙수를 찾는 사람이 늘었다. 가게에 들어서면 메뉴판도 보지 않고 빙수를 주문하는 손님들이 꽤 생겼다. 그러면 나는 조금은 눈동자가 바쁘게 움직이는데, 왜냐하면 우리 카페에는 빙수 메뉴가 없기 때문이다. 나는 한 템포 쉬고 조금 더 밝은 목소리로 아포가토를 권한다. 에스프레소와 아이스크림을 곁들여 먹는 이탈리아식 디저트를 빙수 대용으로 권하지만, 그렇게 되면 반대로 손님의 눈동자가 바쁘게 움직인다. 빙수와 아포가토는 엄밀히 말하면 완전히 다르기 때문이다.

　그렇게 되면, 손님은 완전히 다른 메뉴를 시키거나 다른 카페로 가게 된다. 나는 죄송하다고 이야기하고 조금 더 친절하게 배웅하는 것 외에는 방법이 없다. 어떤 손님은 왜 빙수를 안 하느냐고 물어보기도 한다. 예전에 했었잖느냐고 하며, 초창기에 카페에 있었던 그 메뉴를 기억해내는 사람도 있다. 나는 말이 길어지면 이상해질 것 같아서 죄송하다고 거듭 말할 뿐 더이상 뭐라 특별한 말을 하지 않는다. 미묘한 내 표정을 들키지 않기 위해서 머신 주변을 정리하고, 바의 기물이 밖으로 떨어지지 않게 안쪽으로 정리할 뿐이다. 빙수를 안 하게 된 이유는 사실 단순하다. 단순한데 그이유가 손님 입장에서는 조금은 서운할 수 있다고 생각하기도 한다.

카페를 오픈할 즈음에는 우유를 바로 얼려 눈꽃처럼 만드는 기계가 없었다. 그냥 각얼음을 갈아서, 우유를 조금 붓고 과일을 썰어서 토핑하고, 앙금 팥과 찹쌀떡을 올리는 빙수밖에 없었던 시절이었다. 우유와 설탕을 섞은 뒤 얼려서 빙삭기에 가는 방법도 있지만, 그것은 위생상 문제가 되는 부분이 있었다. 얼음을 가는 기계 내부의 칼날을 깨끗하게 씻는 방도가 없었기 때문이었다. 아무튼 우리 카페에도 한때는 매출에 도움이 되는 단순한 옛날 빙수를 열심히 만들어 팔았던 적이 있었다.

그런데 어느 해 문제가 생겼다. 그 시절 카페에서

일했던 아르바이트생이 빙수를 만들다가 자주 다쳤다. 나처럼 뭔가를 깎는 것이 서투른 친구였고 시간에 쫓겨서 과일을 깎으면 어김없이 손끝에 작은 상처가 생겼다. 물을 만지는 일인 바리스타에게 상처가 생기는 것은 큰일이었다. 잘 낫지도 않을뿐더러, 통증을 달고 일하는 것은 어려운 일이었다. 몇 주 지켜보다가 결국 그해 여름 빙수 메뉴를 종료했다. 거짓이었지만 공식적인 이유는 팥앙금 납품업체의 폐업이었고, 비공식적인 이유는 함께 일했던 직원의 표정이었다.

나는 함께 일하는 사람의 표정이 중요하다. 그것은 나에게 잘살고 있다는 징표처럼 여겨진다. 매출이나 평판 같은 것은 꿈틀거리는 것이고, 잘 모르겠다. 다만 그날 함께 일하는 이의 표정이 나의 하루를 증명하는 듯하다. 그것 외에도 실질적으로 직원의 표정이 나의 표정보다 중요하다.

나 같은 내향적인 사장은 응대가 서툴고 커피 내리는 일 자체를 더 좋아한다. 게다가 늘 카페에 있는 것도 아니다. 언제 올지 모르는 손님은 직원 만날 가능성이 더 높다. 그리고 그들은 다른 곳에서 누릴 수 없는 친절을 기대하고 오는 경우가 많다. 그들 중에서 깊고 황홀한 커피의 맛이나 화려한 라테 아트를 느끼기 위해서 오는 사람은 생각보다 드물다. 바쁜 일상에서 잠시 쉬고 잃어버린 낭만을 찾기 위해서 온다. 그렇게 몇천 원의 커피값을 지불한다. 그 속에서 다른 곳에서 받기 어려웠던 존중과 환대를 바란다. 그것의 시작은 응대하는 사람의 표정이다.

사실 얼마 전에 손님으로부터 긴 문자를 받았다. 자세히 언급하기는 그렇지만, 결론은 직원이 불친절하다는 말이었다. 그 말을 최대한 둥글게 돌려서 이야기했다. 일이 있고 며칠이 지났지만, 해당 직원의 표정에서 여전히 그늘은 지워지지 않았다. 어떻게 풀어나가야 할까 계속 고민했다. 원래 삶에 힘든 일이 제법 있었던 친구였다. 나는 더 잘해 주려고 했지만, 그것도 큰 효과가 없는 듯했다.

방법을 잘 몰라서, 함께 일하는 것이 기운을 줄 기회라고 여긴다. 그래서 평소보다 더 열심히 일하고 집에 온다. 그런데도 입맛이 없다. 개운하지 못한 하루가 이어지고 있다. 배는 고프지만, 뭔가 먹고 싶은 것이 없어졌다. 다행히 같이 사는 세 명 중의 한 명이라도 먹고 싶은 것이 있어 메뉴가 정해진다. 아빠, 칼국

수 먹고 싶어. 인한, 오늘은 마라탕. 누군가 이렇게 말하면 그날의 메뉴가 결정된다. 그렇게 한 끼를 해결한다. 그렇게 함께 무언가를 먹던 어느 날 아내에게 이 이야기를 꺼냈더니, "자식이라 생각하고 더 잘해줘야지." 란다. 그렇게 간단히 해결책을 제시해 준다. 간단하지만 어려운 해결책이다. 장사가 아무렇지 않게 되는 듯하다가, 때로는 이렇게 갈피를 못 잡는다.

올리지 못한 공지

갑자기 메인 바리스타가 나가야 하는 상황이 생겼다. 하지만 새로운 직원을 충원하는 일은 잘 풀리지 않았다. 매일 구인 사이트에 글을 올렸지만, 단기 아르바이트에 대한 문의만 있었다. 처음에 걸었던 조건들을 지웠다. 카페 경험이 없어도 되니 조금 오래 일할 사람이면 괜찮을 것 같았다. 처음에는 경험자를 찾았지만, 나중에는 라테 아트도, 머신을 만지는 방법도 가르치면 된다고 생각했다.

왜 그럴까. 그런 고민을 혼자 하기도 하고 아는 사람들에게 물어보기도 했다. "요즘은 아르바이트는 짧게 하고 투자를 하는 게 대세지." "대학교 방학 시즌이 조금 지나야 휴학생들이 생기지 않을까요." "순리대로 되겠죠. 조금 더 기다려보세요." 이런 이야기를 들었다. 고민만 무성했고, 한 달 정도 별다른 진전 없이 시간이 흘렀다. 이런 일은 처음이라 나는 꽤 당황했다. 그래서 그럴 상황에 대비해 미리 공지를 적기 시작했다.

카페를 이제부터 주 5일만 운영하겠다는 내용이었다. 언젠가 친구에게 들었던 방법이었다. 최악의 상황일 때를 생각해서 구체적인 플랜을 짜놓고, 그것도 최악이 아니라는 판단이 서면 그런대로 스트레스받지 않고 앞으로 전개될 상황에 맞설 수 있다는 이론이었다. 예전에 힘든 일이 있는데도 의연한 척하고 싶을 때 종종 써먹던 방법이었다. 카페가 토요일과 일요일을 쉬는 모습을 구체적으로 그려보았다.

먼저 매일같이 찾아오는 손님들의 얼굴이 떠올랐다. 익숙한 사람들의 얼굴이 머릿속에 둥둥 떠올랐다. 그들이 어쩔 줄 몰라 하는 표정, 조금은 실망한 듯한 표정으로 문 앞에서 발길을 돌리는 모습이 그려졌다. 그런 그들에게 미안하다는 말과 고맙다는 말을 함께 적었다. 쓰면서 그동안 이렇게 많은 사람이 우리 카페를 자주 찾아 주었다는 사실을 새삼 느낄 수 있었다.

주말을 함께 쉬게 되면 남아 있는 직원들은 좋을 것 같기도 했다. 함께 주말에 만나서 산책하거나 다른 카페에서 커피를 마시는 것도 가능할 것 같았다. G의 반려견과 나의 두 딸이 어울려 노는 모습은 썩 괜찮아 보였다. 소득은 분명 더 줄어들겠지만, 그렇게 최악은 아닌 것 같은 생각이 들었다. 돈은 아끼면 되니까. 그렇게 예비 공지를 써놓고, SNS의 개인 계정에 올렸다. 그랬더니 그것을 읽은 몇몇 절친한 손님들에게서 문의가 들어왔다.

언제부터 주 5일 운영을 하는 것이냐고 물었다. 나는 당장은 아니고, 지금 상황이 그래서 그렇게 될 것 같다고 이야기했다. 다만 지금 직원을 구하려고 나름대로 최선을 다하고 있고, 그렇게 되지 않게 하겠다고 했다. 그런 대화를 몇 번인가 했다. 누군가의 조금은 실망한 듯한 눈빛을 보기도 했고, 응원하는 듯한 눈빛을 보기도 했다. 그렇게 또 시간이 흘렀다. 그러는 동안 몇 번의 면접을 보았지만, 역시나 오래도록 일할 사람은 찾지 못했다.

최악의 상황에 대한 결정이 나의 내면에 고지되어서 그런지 마음이 불편하지는 않았다. 손님의 말처럼 순리대로 되지 않을까 싶었다. 기다리면 시간이 해결해 줄 것 같았다. 만약에 구해지지 않는다면 함께 주말을 쉬는 낭만적인 카페로 가면 되는 것이고, 이러다가 반가운 인연이 나타난다면 그 분에게 또 잘하면 되지 않을까 싶었다. 그렇게 마음을 먹으니 편해졌다.

우리 카페에서 구전으로 전하는 응대 매뉴얼에 비슷한 원칙이 있다. 좋지 않은 상황이 조금이라도 예상되면 사전에 고지한다는 원칙이다. 이를테면 이런 것이다. 우리는 주문을 받으면 영수증을 바에 차례대로 정리해 놓아야 한다. 정돈된 바에 주문받은 순서대로 영수증을 차례대로 붙여 놓는다. 그런데 용지가 두 장 이상 쌓이면 시간이 조금 걸릴 수 있다고 손님께 안내해야 한다.

실제로 두 장이면 오래 걸리지 않을 가능성이 크다. 그러나 바 안에서 일하다 보면 실수하기 마련이다. 그래서 손님에게는 어느 정도 최악의 상황을 고지한다. 그것을 들으면 어느 정도 감내하는 마음으로 앉아있는다. 다행히 음료가 딜레이되지 않고 나오면 기분이 좋고, 행여 실수해서 늦게 나오더라도 마음이 상할 가능성이 줄어든다.

장마가 끝나고 본격적인 무더위가 시작되었다. 정말이지 습하고, 덥다. 아이스 잔에는 항상 이슬이 맺혀있고, 바에서 일하는 우리들의 이마에도 땀이 맺혀있는 요즘이다. 다행인 것은 그런 와중에 함께 일할 스태프가 정해졌다는 사실이다.

자영업자에게는 이런 것도 일종의 기적이다. 그럼에도 주어진 미래가 어떻게 전개될지는 모르겠다. 실제로 고지하지 않았지만, 구구절절 썼던 공지를 언젠가는 카페 계정에 올릴 날이 올 것 같기도 하다. 다만 지금이 최악은 아니니까, 내가 정신 차리고 잘해야지 그런 생각을 한다. 그런 다짐을 하루에도 몇 번이고 한다.

'좋아서 하는 카페'에서 함께할 스태프를 찾습니다

예전에는 새로운 직원의 첫 교육은 내가 도맡아서 했었다. 그 시절에는 주 6일을 근무하기도 했었고, 카페에서 밤늦게까지 일을 했기 때문에 가능했다. 그러다 작은딸이 태어나면서 일찍 퇴근하고 근무 날을 조금 줄였다. 동시에 새로운 직원 교육에는 손을 뗐다. 주로 메인 바리스타와 소통하고 그들의 자율성과 권위를 높이는 방향으로 카페를 운영했다. 그래서 새로온 사람에게 뭔가를 전달하는 감각을 잊은 지 오래되었다. 다만, 그것이 꽤 큰 에너지가 소모되는 일이라는 것은 기억에 남아 있다.

새로운 사람에게 우리를 카페의 문화를 이해시키는 것은 언제나 어려웠다. 하지만, 반드시 해야 하는 일이었다. 함께 한 공간에서 땀을 흘리며 일한다는 것은 색이 섞이는 과정이었다. 새로운 사람의 색, 그리고 우리가 지금껏 유지해 온 카페의 색이 조금씩 더해지는 과정이었다. 갑자기 그 색의 채도나 명암이 급하게 바뀌는 것은 원래 함께 카페를 꾸려 왔던 사람에게도 좋은 일이 아니었고, 손님에게도 예의가 아니었다. 동시에 각자가 살아온 방식이 있어서 어떤 태도의 급격한 전환을 요구하는 것도 다소 무례한 요구였다. 그래서 나는 구인 광고부터 조금은 특이한 워딩을 썼다. 구인 광고에 진지한 사람, 책을 좋아하는 사람을 구한다는 문구를 거의 매번 적었다. 그 정도를 갖추고 있는 사람이면 우리 카페의 색감과 조금은 비슷하지 않을까 생각했다. 진지한 태도를 가지고 있다면, 사람에 대해 냉소적인 시선을 가지고 있지 않으리라 생각했다. 그리고 책을 읽는 사람이라면, 삶에서 나아질 구석을 찾는 사람일 것 같았다.

그런 뜬구름 같은 구인 광고를 올려놓고 한참을 기다렸다. 부디 비슷한 사람이 오길 바랐다. 연락이 많이 오지는 않았다. 호기심 때문인지 고등학생에게 오는 문자가 많았다. 고등학생인데 일하는 것이 가능하냐고 물으면, 줄 수 있는 시급이 그쪽이 가지고 있는 시간 가치보다 낮으니 안 된다고 답장을 보냈다. 대개 새로 오는 사람은 진지한 표정을 가진 휴학생인데, 한 가한 시간에는 조금씩 책을 읽거나 공부하는 것을 기대하는 경우가 대부분이었다. 그리고 복학을 위해서 돈을 마련하고 싶은 경우였다. 그런 글을 읽고 문을 두드려서인지, 대개 어느 시절의 나와 닮은 구석이 조금씩 있었다.

그렇게 새로 온 직원에게 처음 했던 말은 플라톤의 이야기였다. 주로 손님이 거의 없는 저녁 시간에 그런 이야기를 했다. 지방 소도시의 작은 카페에서 직원을 교육하는데 이데아를 언급하다니 진지함의 선을 넘은 것은 아닌가 싶을 수도 있지만, 나는 유리창 속에 비치는 우리의 모습을 보며 그런 말을 즐겨 했었다. 세상의 거의 모든 물건은 이데아에 있는 원형을 흉내를 내는 것이라고 말을 하면 대개 이건 뭔 소리인가 싶어서 나를 쳐다봤다. 그러면 나는 잠시 쉬다가 그를 손님이 이용하는 의자에 앉혀 놓고 이렇게 이야기를 이어 갔다.

세상 밖의 이상 세계에는 '의자'라는 원형이 존재하는데, 세상 속의 다양한 형태의 의자는 그것을 흉내를 내는 것에 불과하다. 그쪽이 앉아 있는 이 의자도 마찬가지다. 지금 불편한 점이 조금이라도 있다면 그것은 그 원형을 고민하지 않고 그저 의자를 만들었기 때문이다. 반면에 그 원형의 형태와 무게와 편안함을 상상하면서 의자를 조금씩 개선하면서 만들어 가는 사람도 있다. 그런 사람을 세상은 장인이라고 부른다. 우리가 만들어 가는 커피도 부족한 면도 있지만, 조금씩 원형을 지향한다. 그래서 커피를 만들 때, 손님을 응대할 때, 이상향에 있을 카페의 원형을 닮아 가려는 느낌으로 카페를 운영하고 있다. 과거에도 그랬고, 앞으로도 그럴 생각이다. 이곳은 그렇게 진지한 공간이다. 당신은 외부인이었던 사람이고 이제는 내부인이되었으니 부족한 점이 보이면 가르쳐 주고, 괜찮은 방향으로 이끌어 달라.

이런 이야기를 했었다. 이 어처구니없는 말을 듣고 눈을 반짝이며 고개를 끄덕여 주었던 사람은 대부분 나에게 무엇인가를 조금씩 가르쳐 주었던 존재였다. 그들은 개인의 상황에 따라서 금세 그만두기도 하고 생각보다 오래 일하기도 했었다. 그런 구인 광고를 읽고도 문을 두드린 만큼 그들은 조금씩 나보다 나은 사람이었고, 덕분에 시간이 무사히 흘렀다. 그렇게 오늘이 되었다. 그리고, 어느새 또 한 명의 직원을 보내고 새로운 사람을 맞이해야 할 상황 앞에 서 있다.

사람이 나가고 들어올 때마다 나는 조금씩 아프다. 목이 붓고 미열이 이어진다. 카페를 운영할수록 그런 증상이 조금씩 심해진다. 그것은 아마도 마음에 걸리는 부분이 있어서 그렇지 싶다. 새로운 바리스타를 교육해야 한다는 부담보다, 나와 닮았던 사람들이 나가는 상황이 서글프다. 아마 각자가 진정성을 가지고 일했지만, 어떤 미래에 대한 가능성이 없으므로 카페를 나가는 것이 아닐까 싶은 것이다. 주말에 남들처럼 쉴 수 있다면, 받는 급여로 가족의 부양이 가능하다면 누구나 오래도록 일할 수 있을 텐데 하는 생각이 든다.

아직도 나는 여전히 이상향 속에 있을 원형의 카페를 상상한다. 그곳은 아마도 서로에게 친절하고, 편안히 앉아서 기쁨과 슬픔을 나누는 곳이 아닐까 싶다. 각자가 원하는 향의 커피를 마음껏 마실 수도 있고, 풍경도 바다가 되었다, 산이 되었다, 들판이 되었다, 할 것 같다. 그런 카페에서 일하는 바리스타들은 어떤 일상을 살아갈까. 그런 상상에 빠져 있으면 우리 카페에서 헌신하는 그들에게도 뭔가를 선물하고 싶어진다.

주 5일 동안 열심히 행복을 팔고, 주말에는 함께 산책도 하고 그렇게 평화롭게 함께 늙어 가는, 그런 시간을 돌려주고 싶어진다.

아메리카노 만드는 법

인사를 할 때는 눈을 보면서 하는 것이 좋다. 단골이 아닌 경우에는 "안녕하세요, 만나서 반갑습니다."를 최대한 천천히 명확한 발음으로 말한다. 바가 생각보다 두껍고, 제빙기 소리나 바 아래에 위치한 스피커 때문에 목소리가 잘 전달되지 않는 편이다. 해서 그런 부분에 신경을 써야 한다. 아무리 바쁜 상황이라도 인사만은 차분하게 해야 한다. 단골인 경우에는 "안녕하세요."라고 말하고, "평소에 드시는 것으로 드릴까요?" 하고 물어보는 편이다.

아침 손님은 주로 아메리카노를 시키는 경우가 많다. 가격도 저렴하고, 비교적 빠른 서빙이 가능하다는 것을 알기 때문에 그렇지 싶다. 주문으로 뜨거운 아메리카노 한 잔이 들어왔다면 처음 하는 일은 온수 피처에 남아 있는 물을 버리는 일이다. 버리는 이유는 온도의 일관성과 온수 피쳐에 있을 혹시 모를 이물질을 제거하기 위해서다.

잔량이 적다면 머신의 배수 트레이에 버리고, 잔량이 많다면 싱크대로 가지고 가서 버린다. 머신 트레이에 많은 양의 물을 버리면 역류하는 경우도 있고, 하단에 위치한 머신 부품에 데미지를 줄 수도 있기 때문이다. 모든 과정을 물을 적정한 온도로 식힌다는 생각으로 차분히 진행한다. 빠르게 하는 것보다 제대로 만들고 실수하지 않는 것이 중요하다.

온수기 온도를 95도에 설정해 놨기 때문에 커피를 만들고 서빙하는 과정에서 4도 정도는 떨어뜨려 주는 것이 손님 입장에서도 좋다. 따라서 서두를 필요는 전혀 없다. 피쳐에 물은 한 잔보다 조금 여유 있게 받는다. 실수할 경우를 대비해서 혹은 물이 과도하게 식는 것을 막기 위해서다. 물을 받았다면 서빙 나갈 쟁반을 준비한다.

쟁반은 손으로 앞뒤로 만져 봐야 한다. 이물질은 눈으로 확인도 하지만 촉감으로 확인해야 정확하다. 그래서 나는 손의 상처가 크지 않다면 라텍스 장갑을 끼지 않는 편이다. 이물질을 제거할 때는 두 개의 행주가 필요하다. 젖은 행주로 한 번 닦고 마른행주로 남은 물기를 닦아 준다. 완벽한 쟁반 위에 깨끗한 잔 받침을 올린다. 올린 뒤에 워머 위에서 따뜻한 머그잔을 꺼낸다. 머그잔도 의식적으로 내부를 확인한다. 혹시 얼룩이 조금이라도 남아 있다면 싱크대로 넣는다. 입술이 닿는 부분도 빛에 비추어 확인한다. 종종 립스틱 자국이 남아 있는 경우도 있기 때문이다. 자국이 있는 것은 싱크대에 넣고 새로 잔을 꺼낸다. 잔이 준비되었으면 물을 붓는다.

그 뒤에는 추출할 그룹에 물 흘리기를 한다. 그룹헤드 앞에 고여있는 식은 물을 제거해야 커피 추출이 안정적으로 될 수 있다. 처음 닿는 물의 온도가 중요하다. 물 흘리기를 하는 동안 추출할 필터를 린넨으로 깨끗하게 닦는다. 이때 물기를 최대한 제거하고, 남은 커피 가루는 완벽하게 제거한다. 물기가 묻은 포터 필터를 사용하면 증발한 수분으로 인해 토출구가 막히는 경우가 생기기도 하고, 남은 물기나 커피 가루가 추출 변수로 작용해서 맛의 일관성을 방해하기 때문이다. 그러니 타협은 금물이다. 최대한 깨끗하게 한 뒤에 그라인더에 포터 필터를 걸고 분쇄 원두를 받는다.

우리 카페에는 에스프레소 그라인더가 총 네 대 있다. 콜롬비아 디카페인, 케냐 싱글, 에티오피아 싱글, 하우스 블랜딩이다. 인기 있는 원두는 고소한 맛이 나는 하우스 블랜딩이다. 다른 원두보다 다섯 배 정도 많이 팔린다. 쉬지 않고 돌아가는 해당 그라인더는 쉬이 고장이 났고, 해를 거듭할수록 점점 더 비싼 것으로 업그레이드할 수밖에 없었다. 원래는 이십 그램을 가는 데 10초 정도 걸리는 제품을 썼는데, 지금은 3초 정도 걸리는 제품을 쓰고 있다. 그라인더 날에 열이 나면 미분이 발생하는데, 인기 있는 원두의 그라인더는 그것을 막기 위한 냉각팬도 달린 제품이다.

원두가 갈리는 동안 깨끗한 샷 글라스를 머신 앞에 준비한다. 필터에 받았으면 그라인더에서 빼낼 때 원두가 손실되지 않도록 주의해야 한다. 중간에 흘리게 되면 원두량이 줄기 때문이다. 포터 필터의 원두량이 적어지게 되면 상대적으로 내부에 형성되는 압력이 약해져서 추출하는 시간이 짧아진다. 그렇게 되면 맛도 연하고, 계획된 향미를 벗어난다. 크레마의 색감도 흐려지게 된다.

갈린 원두를 받았으면 그것을 손으로 잘 모아서

소음을 주의하며 가볍게 바에 툭툭 친다. 치는 이유는 가루 사이에 있는 공기층을 제거하기 위해서다. 치고 난 뒤에는 디스트리뷰터가 최대한 밀착될 때까지 눌러 준다. 전 동작을 했다면 쉽게 눌러지지만, 전 동작을 생략하게 되면 힘으로 강하게 눌러야 한다.

커피 가루가 담긴 포터 필터는 최대한 부드럽게 장착해야 한다. 충격을 주면 다져진 커피 가루에 금이 갈 수 있기 때문이다. 금이 가면 그쪽으로만 물이 유입되어서 단단한 부분의 원두 가루는 무의미해진다. 아주 적은 양의 원두로 추출하는 것과 비슷한 결과가 만들어진다. 체결은 살짝 걸어 준다는 느낌으로 한다. 강하게 반복된 동작을 하면 손목에 좋지 않기 때문이다. 체결했는데 뜨거운 물이 포터 필터 밖으로 새는 상황이 발생하면 체결 강도를 탓하기보다 부품을 교체하는 것이 좋다고 생각한다.

여기까지 했으면 거의 다했다. 준비된 샷 글라스를 포터 필터 아래에 두고 추출 버튼만 누르면 된다. 이제부터 기계가 하는 일이다. 누르면 뜸 들이기를 하고, 다져진 커피 가루를 고르게 적셔서 한 잔의 에스프레소가 만들어진다. 우리 커피의 정상적인 추출 시간은 25초 정도로 잡아 놓았다. 만약에 추출했는데 시간이 너무 짧다면 과감하게 버린다. 시간이 길어져도 마찬가지다. 앞의 과정에서 실수가 없었는데 추출 시간이 짧으면 원두 입자를 가늘게 조절하고, 길면 반대로 입자를 두껍게 조절한다.

샷 글라스에 받아진 에스프레소는 임의로 판단하지 않고, 뜨거운 물 위에 온전히 붓는다. 전 과정을 신뢰하고 일관성을 믿어야 한다. 그렇게 되면 한 잔의 뜨거운 아메리카노가 완성된다. 이제 들고 나가면 된다. 가는 동안에 넘치면 안 되니 차분히 걸어야 한다. 내려놓을 때는 약간 머물다 오는 느낌으로 할 것, 감사하다고 꼭 말씀드릴 것, 여유가 된다면 리필해 드린다는 말도 전할 것. 이 정도를 고려해야 한다. 이렇게 주문받고 뜨거운 아메리카노가 만들어져서 손님에게 서빙되는 시간은 이 분 정도가 소요된다.

이제 추출이 완료된 포터 필터를 제거하고, 커피 찌꺼기를 털어내야 한다. 이때 소음은 음악 소리의 비트를 넘지 않을 정도로 젠틀하게 칠 것. 강하게 치면 손목에도 좋지 않고, 내부의 분위기도 해친다. 그리고 그룹 헤드 내부에 붙어 있는 커피 찌꺼기도 제거하기 위해 포터 필터가 분리된 채로 추출 버튼을 한 번 더 누르면 된다.

물이 흘러나오는 10초 동안 서빙 나간 테이블의 반응을 조용히 살핀다. 살피면서 샷 글라스를 린싱한다. 좋은 반응이다 싶으면 그 순간을 새기고, 나쁜 반응이 있으면 다음을 기약한다. 과정에 최선을 다했다면 내 실책이라 여기지 않고 기계 탓을 하는 것이 마음에 편하다. 카페에 여유가 된다면 커피가 반 정도 줄었을 즈음, 커피를 더 내려 주는 것도 많이 쓰는 방법이다. 원두를 바꾸거나 진하기를 조절하면 모든 것이 일치하는 순간이 만들어진다. 결국 손님과 커피와 내가 마주하는 찰나가 숨어 있다. 그 순간의 의미가 이 모든 과정보다 중요하다. 그것을 지키는 것에 기쁨을 느끼게 되면 바리스타는 할 만한 직업이 된다.

고치는 것이 일상

십 년 넘게 카페를 운영하다 보면, 고쳐야 할 것이 많이 생긴다. 어떤 것이 멈추거나 부서져 버린다. 그런 일은 아무런 징후도 없이 일어나는 경우도 있고, 몇 차례 전조를 보이면서 결국은 터져 버리는 경우도 있다. 몇 주 전에 일어났던 일은 전자에 속했다.

평소와 다를 바 없이 테라스 문을 모두 열고 테이블 컨디션을 확인하는 것으로 하루를 시작했다. 그날의 배경음악을 재생하고, 에스프레소 머신을 켰다. 그동안 새벽 공기는 들어오고, 쌓여 있던 밤공기는 나갔다. 셀프바에 놓을 물을 받고 레몬은 절반으로 잘라서 넣었다. 그리고 테라스의 그늘막을 펼치려고 했을 때 일이 벌어졌다. 공간과 어울리지 않는 금속 파열음이 들렸다. 뭐가 잘못되었는지 처음에는 몰랐지만, 살짝 느슨해진 그늘막을 보고 어닝을 살펴보니 이내 찾을 수 있었다. 그늘막을 지탱하는 지지대 쪽에 끊어진 와이어가 눈에 들어왔다. 아홉 시가 되자마자 급하게 시공업체에 문자를 보냈다. 교체 비용은 부가세 포함 이십오만 원이라는 답장을 받았다.

또 며칠 전에는 생두를 볶는데, 쿨러에서 독특한 마찰음이 들렸다. 아무래도 곧 멈출 예정이나 나를 좀 바꿔 달라고 소리치는 것 같았다. 쿨러는 로스팅된 원두를 식혀 주는 곳이고, 그것이 멈추면 원두는 예측 불가능할 정도로 더 볶이게 된다. 그것은 커피의 맛과 관련된 중요한 부분이고 따라서 완전히 멈추기 전에 미리 대처할 필요가 있었다. 로스팅 회사에 전화해서 기계의 전반적인 점검 및 쿨러 교체를 의뢰했더니, 부가세 별도 칠십오만 원을 불렀다. 부품이 추가되면 금액이 더 발생할 수 있다는 안내도 받았다. 부담되었지만, 선택권이 없으므로 수리를 신청했고 방문 예정일은 한 달 뒤로 잡혔다.

이번 달은 수리의 달인가 싶었고, 또 뭘 고쳐야 할까 살펴보았다. 그러고 보니 개스킷을 교체할 시기가 된 것 같았다. 예전 같았으면 머신 회사에 전화해서 의뢰했겠지만, 이제는 그 정도의 간단한 작업은 부품만 있으면 스스로 할 수 있게 되었다. 마침 구비해 놓은 예비 부품이 있어 혼자 사부작거리며 교체 작업을 했다. 바가 조금 복잡해졌고, 혼자 수리하고 커피도 만들어서 정신이 조금 없었지만, 결국은 교체 작업을 무사히 완료했다. 기념으로 바로 에스프레소 한 잔을 내렸다. 평소보다 말끔해 보이는 크레마가 떴다. 기분 탓인지 맛도 아침보다 깔끔하게 느껴졌다. 빈 잔을 내려놓고 또 뭐를 고쳐야 하나 고민했다.

앉아서 고민할수록 가까운 시일 내에 예상되는 지출은 제법 많아 보였다. 스팀 보일러 압력을 표시하는 물리적 게이지도 바꿔야 하고, 스케일을 제거해 주는 정수 필터도 한두 달 내에 교체해야 했다. 출장비에 부품비를 더하면 얼마 정도 나올지 전화하면 쉽게 알 수 있지만, 손가락만 까닥거렸다. 그러다 문득 머신 위에 쌓여있는 머그잔이 눈에 들어왔다.

생각난 김에 머그잔도 교체해야지 싶었다. 워머 위에 올라가 있는 잔을 하나씩 체크했다. 입술이 닿는 부분을 전등에 비추며 표면에 상처가 보이면 손으로 만져 보았다. 그리고 거친 느낌이 드는 것은 한쪽으로 빼놓았다. 한곳으로 모으니 대부분 만든 지 오래된 것들이었다. 그것을 미련 없이 버리려 했는데, 막상 쓰레기통으로 넣는 것이 쉽지 않았다. 그것은 비용보다는 컵 속에 적혀 있는 문구 때문이었다.

우리 카페는 매해 한정판으로 머그잔을 만드는 전통이 있다. 외부 디자인은 다 같지만, 내부에는 그해 일했던 직원들이 써 놓은 짧은 글이 적혀있었다. 어떤 해에는 '행복 + 1'이 어떤 해에는 '함께 우리'가 또다른 해에는 '기다렸어요'가 적혀 있었다. 만든 지 오래된 것일수록 컵은 낡기 마련이고, 이제는 몇 개 남지 않은 것이었다. 그런 컵을 한곳에 모아 두고 혼자서 손님을 맞이하고, 커피를 내리고 서빙을 하고 설거지를 했다. 그러다 문득 그 시절 함께 했던 직원들이 궁금해졌다. '행복 + 1'을 적었던 L은 여전히 하루에 적어도 한 명에게는 행복을 전하는 삶을 살고 있는지, 늘 운명 같은 사랑을 기다렸던 H는 그 사람을 만나서 그림처럼 그렸던 그런 삶을 살고 있는지 궁금해졌다. 그런 생각을 하다가, 결국은 세 개만 버리고 느슨한 기준으로 아직은 쓸 수 있을 것 같은 컵은 워머에 올려놓았다. 조금씩 다른 문구의 컵이 좋았던 구절을 표시하기 위한 갈피처럼 여겨졌다.

사실 이렇게 오랫동안 카페를 운영할 수 있을 것이라 생각하지는 못했다. 누구보다 생각 없이, 그리고 낭만적인 일이라 생각하며 카페를 창업했었다. 힘들어하는 나를 보며 주변에서는 다시 공부하겠지, 혹은 다른 곳에 취직하겠지 하고 생각했을 것이다. 나도 사실 비전이나 거창한 목표가 있었던 것은 아니다. 그저 여기까지 왔을 뿐이다. 우리 가족이 한 달을 먹고살 돈을 벌고, 직원들이 한 달을 먹고살 돈을 겨우 주고, 이름을 알게 된 손님들이 하는 인사에 기대어서 살다 보니 어느새 여기까지 왔다.

　분기마다 사건이 터지고, 뭔가 틀어지고, 뭔가 깨질 때마다 이것만 해결하자, 이것만 바로잡자 하는 마음으로 견뎠다. 계절의 리듬처럼 이어지는 낭만 유지비. 그런데 그것이 결국은 우리 카페를 조금씩 두텁게 만들었다. 힘든 시절은 쪼그라드는 듯했지만 어떤 짙은 경험이 생겼고, 꽃이 피거나 작은 이벤트가 생기는 어떤 시절이 지나자 어느새 조금씩 재정의 여유가 생겼다. 나이테가 만들어지는 것과 비슷한 느낌으로 조금씩 두터워졌다.

　이번에도 비슷하게 될 것이라 믿고 나아갈 수밖

에 없다. 부서진 것은 바꾸고, 고장 날 것은 미리 고치고, 그 와중에 사람은 상처받지 않도록 해야 하고, 고마운 기억은 오래도록 붙잡아야 한다. 그것만 있으면 어떤 문제든 결국은 해결된다. 다시 한번 뭔가 터질 때까지 우리는 평화롭게 함께 할 수 있다는 사실을 잊지 말아야 한다.

노포가 되고 싶지만

국어사전에서 장년이라는 단어를 찾아보면 이렇게 적혀 있다. "사람의 일생 중에서 한창 기운이 왕성하고 활동이 활발한 서른에서 마흔 안팎의 나이. 또는 그 나이의 사람". 그 문장을 나에게 빗대어 본다. 나이는 일단 맞다. 한국 나이로 마흔한 살이니까. 장년의 범주에 정확하게 들어맞는다. 하지만 누군가가 기운이 왕성하냐고 물어본다면 아니라고 답할 수밖에 없다. 나는 요즘 기운이 부족하다는 것을 느낀다. 솔직히 말하자면 늘 피곤한 편이다.

아침형 인간이 아니지만, 오전 일곱 시에 카페를 오픈하기 때문에 그런 것 같기도 하다. 매일 잠이 조금씩 부족하다. 그런데도 자영업을 하므로 영업시간은 지켜야 한다. 그 때문에 챙기는 건강식품이 제법 있다. 처음에는 하나만 먹었는데 지금은 매일 먹는 약이 몇 개는 된다. 이른 새벽잠에서 깨기 위해 빈속에 홍삼을 먹고, 스트레스 예방을 위해서 홍경천을 함께 삼킨다. 스트레스가 넘쳐서 주위에 피해를 주면 안 되니까.

이틀마다 한 번씩 알약으로 된 노니와 아사이 베리를 먹는다. 평소에 과일을 먹을 여유가 없기도 하고, 피로 회복과 노화 예방에 도움이 된다고 해서 챙긴다. 점심을 먹고는 비타민 B가 많이 들어가 있는 종합 비타민을, 소화를 위해서 유산균을 먹는다. 저녁에는 약을 많이 먹어 간에 무리가 갈 것 같아 밀크 티슬을 먹는다. 코로나가 유행하고 나서는 격일로 프로폴리스를 챙긴다. 걸리면 영업을 할 수 없기 때문에 챙겨 줘야 한다. 이 정도면 기운이 왕성할 법도 한데, 실제로는 겨우 일상을 유지할 정도다.

그래도 겉으로 볼 때는 왕성하게 움직이는 것처럼 보인다. 정해진 루틴 속에서 꾸준하게 움직인다. 오전 여섯 시 이십 분쯤 카페에 도착해서, 테라스에 의자를 빼고 가게를 정돈하고 손님을 맞이할 준비를 한다. 사람들이 오기 전에 아침 식사 대용인 미숫가루를 마시는 것도 중요하다. 빈속일 때 손님이 오게 되면 친절하게 대하는 것이 어렵다. 그리고 몸을 빠르게 움직이기 위해서는 커피를 두세 잔 먼저 마셔 줘야 한다. 그렇게 부지런히 의식을 행하듯 내 할 일을 하고 있으면 어느덧 손님이 들어오기 시작한다. 그때부터 열두 시까지 혼자서 일한다. 주문 받고, 커피를 내리고, 설거지하고, 테이블을 닦고 그런 것을 반복한다. 그 반복 사이에 스팀 치는 소리, 컵과 컵이 부딪치는 소리가 난다. 주로 오는 손님은 정해져 있다. 나와 비슷한 또래의 중년이 대부분이다. 출근길에 차를 잠깐 세워 놓고 아메리카노나 라테를 가지고 가는 경우, 아니면 산책로를 걷다가 피곤한 다리를 쉬기 위해서 들어오는 사람도 있다. 아이들은 등교시키고 해야 할 일이 가득한 집이 아니라, 어느 정도 정돈된 어떤 공간에서 쉬기 위해 오는 주부도 있다.

그들이 앉아서 주문한 커피를 마시는 모습을 보고 있으면 그것은 단순한 음료가 아니라, 내가 끼니마다 삼키는 약처럼 보이기도 한다. 기도하듯 머그잔을 잡고 골몰하는 모습이나, 창밖으로 걸어가는 사람이나, 흔들리는 나뭇잎을 바라보는 손님들이 보인다. 그러다 어느 순간 손님은 어디론가 사라지고 빈 잔만 남게 된다. 나는 다음 손님이 오기 전에 잔을 치우고 의자를 정돈하고, 테이블을 닦는다. 떠난 사람이 남긴 흔적을 지우며, 그들이 그럼에도 불구하고 반복하는 일상을 상상하기도 한다. 때때로 들어올 때와는 한결 가벼운 표정으로 나가는 사람도 있다. 하지만, 누구보다 카페인이 주는 활력의 휘발성을 알고 있다. 그들 각자가 짊어지고 있는 삶의 무게와 과업과 피곤이 커피 덕분에 진정으로 가벼워지는 일은 없으리라는 것을 알고 있다. 알지만, 모른 척 일한다. 그리고 피곤하지 않은 척 프로페셔널한 척 오후에 출근한 직원과 함께 다섯 시까지 왕성하게 움직인다. 앉아서 쉬는 순간은 거의 없다. 지치면 물을 마시거나 스트레칭을 할 뿐이다. 그리고 시간이 흘러 해가 기울고 저녁에 오면 손님들처럼 또 다른 일상으로 향한다.

텅 빈 집에 도착하면 고양이가 나를 맞이한다. 부푼 꼬리를 세우고 부르르 떨면서 반겨 준다. 바짓단에 엉덩이를 비빈다. 그러면 나는 피곤하지만 놀아줄 수밖에 없다. 조금 놀아 주다 밥을 안친다. 쌀을 정수에 씻은 뒤 밥솥의 전원 버튼을 누른다. 압력솥에 김이 빠지고 거실 가득 쌀이 익어 가는 냄새가 퍼져 갈 때쯤 현관문이 열린다. 아빠를 부르는 두 딸의 목소리가 들린다. 그리고 자신에게 주어진 하루를 열심히 살아내고 조금은 지친 듯한 아내가 함께 들어온다. 저녁은 하루가 끝나가는 시간이지만, 때때로 새로운 출발지처럼 느껴진다. 아내 옆에 새처럼 재잘거리는 두 딸을 보고 있으면, 어떤 행복한 영화 속으로 들어와 있는 듯하다. 식탁에 둘러앉아 나누는 이야기 속에서 나는 앞으로 가야 할 목적지를 정한다. 가깝게는 두 딸이 먹고 싶은 것을 듣고 다음 날 저녁 메뉴를 정하기도 하고, 멀리는 언젠가 가게 될 여행지를 정하기도 한다. 더 이상 도약이라는 것을 기대하기 어려운 삶 속에서 서글픔을 느끼지 않는 것은 두 딸의 인정 덕분이다. 두 딸이 하는 말, "아빠 고마워."라는 말에 기대어 살아간다.

그러고 보면 내가 나름대로 장년 노릇을 한 것은 나를 굳건하게 믿어 주는 누군가가 생긴 뒤부터였다. 청춘의 시절에 그토록 되고 싶었던 교사라는 꿈을 미련없이 버릴 수 있었던 것도, 내 미래를 믿어 주는 사람이 나라는 존재를 있는 그대로 받아 줬기 때문이었다. 그래서 나는 조금만 배우면 누구나 쉽게 창업할 수 있는 카페의 바리스타가 되었고, 그렇게 십 년 넘게 이 일상을 겨우 지켜내고 있다. 그렇게 삶을 살아가는 사

람은 특별한 것이 아니라, 도처에 있는 평범한 삶인 듯
하다. 거리에 늘어서 있는 수많은 카페처럼 말이다. 서
로 다른 인테리어처럼 각자의 사연이 있고, 서로 다른
배경음악처럼 각자가 지킬 존재가 있을 것이다. 업종
이 다른 가게에는 내가 상상할 수 없는 또 다른 이야
기와 일상이 숨겨져 있으리라 생각하기도 한다.

번 돈을 쓸 때는 동네에 있는 가게에서 쓰려고 한
다. 직원에게 선물하는 책을 살 때는 동네 서점을 이용
하고, 어쩌다 외식할 때는 산책할 때 보았던 식당에 들
어간다. 마트도 큰 곳보다는 동네에 작은 편의점을 이
용한다. 거기에서 그들과 특별한 이야기를 나누거나
안부를 묻는 것은 아니지만, 서로 인사하고 잔돈을 받
으며 고맙다고 말하는 과정이 살아간다는 기분을 느
끼게 한다. 서글픈 것은 오래가는 가게가 별로 없다는
사실이다. 그곳에서 일하는 사람도 그렇고, 간판들도
그렇고, 어느 순간 사라지고 한동안 빈 곳으로 남게 된
다. 대개는 새로운 가게가 생기기도 하지만, 그렇게 되
면 그곳에 들르는 것이 한동안 꺼려진다. 그것은 사라
진 사람에게 미안한 마음 때문인 것 같기도 하고, 나에
게 언젠가 벌어질지도 모를 일을 인정하기 싫어서 그

런 것 같기도 하다.

　삼십 대 초반에 빚을 지고 시작했던 이 작은 가게 덕분에 제법 많은 것을 이루었다. 아직 차는 그대로지만, 두 딸은 자라서 초등학생이 되었다. 투룸에서 시작해서 트럭 한 대로 충분했던 살림도 이제는 꽤 늘어 두 딸에게 줄 방도 생겼다. 그런데도 어느새 돋아나는 걱정이 있다. 언제까지 이 카페를 유지할 수 있을까 종종 생각한다. 어쩌면 그런 걱정이 나의 기운을 갉아먹는지도 모르겠다. 이런저런 건강식품을 먹어도 그런 생각을 막는 것은 쉬운 일이 아니다.

　지금 내가 바라는 것은 그렇게 거창한 것이 아니다. 자식들에게는 내가 그 시절 그랬던 것처럼 어느 정도 희망을 품고 꿈을 꾸며 살아갈 수 있도록 도와주는 것, 아내에게는 당신만 사랑하겠다고 말했던 그 언약을 지키는 것, 직원에게는 남들이 부러워할 만한 월급을 줄 수 있는 사장이 되는 것이다.

　두려운 것은 내가 꿈이 거창해지거나, 세상이 말하는 기준이 높아지는 것이다. 때때로 그 표준의 삶이 나에게 힘겨운 것이 되는 날이 올까 무섭다. 그래서 걱정되는 것은 내가 살아가는 이 울타리에 구멍이 생기고, 결국 함께하는 이들이 나의 곁을 하나둘 떠나는 것이다. 그래서 나는 종종 두렵다. 그런 그림자 같은 마음을 숨기는 일이 나이 든 나에게는 불가능한 것은 아니다. 하지만 가끔은 그런 마음을 이름 모를 누군가에게 고백하고 싶기도 하다.

주

1   파울로 코엘료, 《연금술사》, 최정수 역, 문학동네, 2001

2   손원평, 《서른의 반격》, 은행나무, 2017

3   밀란 쿤데라, 《참을 수 없는 존재의 가벼움》, 이재룡 역, 민음사,
    2009

4   무라카미 하루키, 《상실의 시대》, 유유정 역, 문학사상, 2000

5   F. 스콧 피츠제럴드, 《위대한 개츠비》, 유혜경 역, 소담출판사,
    2003

6   위대한 지도자들은 어떻게 행동을 이끌어내는 영감을 줄까,
    TEDx Talks, 2009. 9. 29, https://www.youtube.com/
    watch?v＝u4ZoJKF_VuA

7   김학훈 외 2인, 《세계화 시대의 세계지리 읽기》, 한울아카데미,
    2019

8   파트리크 쥐스킨트, 《좀머 씨 이야기》, 유혜자 역, 장 자크 상페
    그림, 열린책들, 2020

9   디핀로스터스(Deep in roasters), 경남 김해시 활천로10번길 29
    더스테이 1층

10 심승현, 《파페포포 메모리즈》, 홍익출판사, 2012

11 좋은생각 편집부, 《좋은생각》

커피의 위로

카페, 계절과 삶의 리듬

초판 1쇄 발행 2023년 8월 23일

지은이 정인한
펴낸이 박영미
펴낸곳 포르체

책임편집 김다예
편집팀장 임혜원 | 편집 김성아
책임마케팅 김채원 | 마케팅 김현중
디자인 황규성

출판신고 2020년 7월 20일 제2020-000103호
전화 02-6083-0128 | 팩스 02-6008-0126
이메일 porchetogo@gmail.com
포스트 https://m.post.naver.com/porche_book
인스타그램 www.instagram.com/porche_book

ⓒ 정인한(저작권자와 맺은 특약에 따라 검인을 생략합니다.)
ISBN 979-11-92730-71-4 (03810)

여러분의 소중한 원고를 보내주세요.
porchetogo@gmail.com